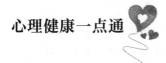

心理健康一点通

U0129716

躯体形式障碍

总主编◎赵静波　陈　瑜
主　编◎孙　录

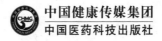

中国健康传媒集团
中国医药科技出版社

内 容 提 要

　　本书是一部关于躯体形式障碍的科普读物，从多角度介绍躯体形式障碍。躯体形式障碍患者的不适主诉多样化，他们常常就诊于临床各科，躯体形式障碍是缺乏相应的病理基础但却与患者心理冲突相关的精神障碍。本书可帮助读者深入、正确地认识躯体形式障碍，是躯体形式障碍患者及其亲属的良师益友，也可供从事心理咨询的专业人士参考。

图书在版编目（CIP）数据

　　躯体形式障碍 / 孙录主编 . — 北京：中国医药科技出版社，2019.9（心理健康一点通）

　　ISBN 978-7-5214-1333-5

　　Ⅰ.①躯… Ⅱ.①孙… Ⅲ.①运动障碍 – 诊疗 Ⅳ.① R745.1

　　中国版本图书馆 CIP 数据核字（2019）第 196001 号

美术编辑　陈君杞
版式设计　锋尚设计

出版　**中国健康传媒集团**｜**中国医药科技出版社**
地址　北京市海淀区文慧园北路甲 22 号
邮编　100082
电话　发行：010-62227427　邮购：010-62236938
网址　www.cmstp.com
规格　880×1230mm　$^{1}/_{32}$
印张　6$^{1}/_{4}$
字数　102 千字
版次　2019 年 9 月第 1 版
印次　2019 年 9 月第 1 次印刷
印刷　三河市万龙印装有限公司
经销　全国各地新华书店
书号　ISBN 978-7-5214-1333-5
定价　29.00 元

获取新书信息、投稿、为图书纠错，请扫码联系我们。

《躯体形式障碍》编委会

主　编　孙　录

副主编　刘　磊

编　者　（以姓氏笔画为序）

万赖思琪　王建军　刘　磊

孙　录　李水洪　陈建斌

周　雯　曾　亮

序

我们在精神科诊室、心理门诊或咨询中心，看到了很多家属或当事人因对心理健康问题缺乏科学的认识，而延误病情或不愿配合就诊。这些场景令我们倍感惋惜，不禁无奈于一些将精神分裂症当作"恶魔附身"的家属；不禁感慨若父母多一些心理健康知识，便不会一直将抑郁的孩子当作是"不思进取的坏小孩"。编写这一丛书，我们从未忘记过我们的初衷——将心理健康的知识普及给更多人，编写一套浅显易懂、知识点丰富的心理健康科普丛书。

《心理健康一点通》这套书沉甸甸的。摸着，是知识的分量；闻着，是生活的百态滋味。何以见得？

首先不得不说，这是十几位兼具医学背景和心理学背景的作家辛苦耕耘下的智慧结晶，结构化的思路、专业性的内容、通俗的语言，无一不散发着知识的魅力。我们说，当知识只有专业性，而不具通俗性时，它是黯淡、令人却步的。只有作者们用通俗的方式诠释知识时，知识才具有普及性，才能让大家看到它的光芒。我们希望，这份光芒能给正处于心理困扰的你，或你的家人，或你的朋友，在自助或帮助他人的路上，带来一些引导，得以前行。

其次，通过这套丛书我们看到了很多故事：缄默的瞳瞳、健忘的老王、情绪波动很大的艾格、厌食的妮妮、听到奇怪声音的刘某、神情恍惚的士兵小维……这些故事穿插其中，就像散落在沙滩上的珍珠，给我们的阅读照射出生动的画面，让我们的体会和理解更加深刻。同时，这些故事一方面引发感慨，感慨生活无常，人生辛除了承担躯体的疼痛，还需要承受心理上的诸多磨难——抑郁症、焦虑症、双相情感障碍、创伤后应激障碍、精神性进食障碍、躯体形式障碍、成瘾症、精神分裂症等。另一方面，这些故事也引以思考，如何能化解这些磨难，或从磨难中划破阴霾呢？幸得，我们可以在本套丛书里寻找到答案。丛书以定义、症状、鉴别、康复和预防这一具有逻辑的思路进行编排，贯穿案例分析、拓展阅读、自我测试等形式，十分有利于我们在特定的框架下按图索骥。

本丛书尽可能在结合专业性、通俗性、实用性和趣味性的基础上，以特定的逻辑和思路呈现主要的心理健康问题，将大家在生活中经常遇到的心理难题囊括起来，既翔实又系统。

下面，我们来具体看看本丛书的特点。

其一，本丛书针对常见的精神障碍进行了科普性的解读。在世界卫生组织的分类中，精神障碍包括了10大类近400余种疾病。本丛书针对常见的精神障碍——精神分裂症、抑郁症、焦虑症、双相情感障碍、成瘾症、进食障碍、应激障碍、躯体形式障碍，采用通俗的语言、丰富的案例，逐本进行了详细的解读。据中华医学会第十五次全国精神医学学术会议结果显示，我国成人的焦虑障碍患病率为4.98%，抑郁症患病率为3.59%，酒精药物使用障碍1.94%……然而约92%的严重精神类患者没有接受系统治疗，大众对于精神卫生的关注度远低于器质性疾病。因此，本丛书力图以绵薄之力提高大众对精神卫生的科学关注和认识程度，使更多的精神障碍患者能有意识地到医院接受治疗，使更多精神障碍患者的家属能以客观的态度认识患者的病情，懂得如何进行家庭康复。

其二，本丛书不仅适用于正处于心理困扰的患者或患者家属，也是普通大众的一本预防性科普读物。本丛书无一例外指出了精神障碍的鉴别、诊断、治疗方式和康复手段，这有利于处于心理困扰的患者或患者家属、朋友从中寻找心理健康问题的专业性解答。另一方面，本丛书更着重于诠释如何预防精神障碍的产生和恶化，所以本丛书于普通大众而言，也是一套可以作为家庭常备的心理健康科普读物，最大的目的是起到预防的作用，使大家能在阅读中提前识别精神障碍产生的易感因素、形成对精神障碍的客观认识，做到防微杜渐、及时检查、及时就诊。

其三，本丛书关注了时代演变下心理健康问题的新内涵，丰富了新的内容。随着时代的推进，心理健康问题有了更加丰富的内涵，如进食障碍不仅源于遗传因素、压力，也来源于新时代人们对"美"的认知偏差；而成瘾症在时代演变中，增加了更多的成员——药物成瘾、网络成瘾、购物成瘾等。随着地震、海啸、战争、重大交通事故等事件的发生，应激障碍的类型和援助方式也产生了重大革新和突破。因此，本丛书非常注重心理健康问题的新时代产物，对书的内容进行了创新性的丰富。

其四，本丛书的两本著作专门针对两类特殊人群——中小学生和老年人的心理健康进行了论述。一方面由于青春期是成长过程中的重要阶段，且中小学生内在激素水平不稳定、外在学习压力越来越大，因此中小学生心理健康也亟待重视。基于这一点，本丛书其中一本著作专门罗列了青少年层出不穷的各种状况，如厌学、缄默内向、沉迷游戏、考试焦虑等，并在相应案例后进行了深入的心理分析。另一方面，由于我国正快速步入老龄化社会，到2017年我国60岁以上老年人人口已突破2亿，庞大的老年人口数量使得老年问题备受关注。并且随着经济水平的提升，老年人平均寿命延长，老年心理健康问题更加凸显。所以本丛书对健忘症、痴呆症、离退休综合征、空巢综合征等老年人常见心理健

康问题，也特意采用了一本书的篇幅进行了详细的分类
描述。

编写本丛书的过程，就像在编织一道彩虹。每一本书都是不同的颜色，每一类心理问题有不同的特点，或许抑郁症是蓝色的，焦虑症是红色的。重要的不是颜色的种类，而是彩虹赋予我们的希望，看起来我们描述的是病症和痛苦，但时时刻刻作者从正能量的角度出发，以解惑答疑的方式带给读者福音。希望大家能在丛书中获益，了解到心理问题的来源，对自己和他人多一份理解，同时可以尝试运用书中介绍的方法坚持治疗、进行康复训练。

如同风雨之后是彩虹，我们相信磨砺之后会见阳光，正在阅读此书的你，已经在自助、帮助他人的路上。

赵静波　陈　瑜

2019年1月

前　言

　　当本书呈现在您面前的时候，您可能会对"百病连心"这一说法十分困惑，或许您不了解医学上还有"躯体形式障碍"这一类疾病。因为它的确不像"焦虑障碍""抑郁障碍"那样为大家所熟悉。然而，这类疾病在综合医院中并不少见。在我国，流行病学调查显示，该病各亚型的患病率分别为躯体化障碍28/10万，持续疼痛障碍182/10万，未分化躯体形式障碍56/10万，疑病症27/10万。上述各亚型虽然临床症状不尽相同，但共同的特征是症状缺乏相应的病理基础，患者体验真实，功能受损明显，症状大多与心理冲突有关。因症状可涉及躯体任何系统，患者的不适主诉多样化，他们常常首诊或反复就诊于临床各科。他们无视各种检查的阴性结果，反复要求医生给予相应部位不必要的检查。为使广大民众对这一类疾病的表现能有清晰的认识，同时也便于非专科医务人员对该病能有较好的理解，推动医患双方能切实采取适时、妥当的治疗方式对待该类疾病，我们编撰本书。本书最大的特点是以生物-心理-社会医学模式为导向，强调综合致病因素对该病的作用。合理的药物治疗有效，但心理治疗的作用也不可小视。同时也介绍了中医学对该病的认识与相应的处理方法。

该疾病分类在目前国际上通用的三大诊断标准中不尽一致，为便于读者理解与掌握，书中采用了我国的CCMD-3诊断系统。在介绍各个亚型的相关内容时，均列举了相应的实例，理论联系实际，使读者不感觉生涩难懂。

本书条理清晰、通俗易懂，既可作为公众了解躯体形式障碍的科普读物，也可作为非精神科医务人员认识与掌握躯体形式障碍的参考书。

本书的编者均为工作在临床一线的医生，他们既有精神医学专科的临床背景，又有综合医院精神科的工作实践；既有丰富的西医药治疗经验，又有深厚的中医学基础。希望本书能指引您沿着正确的方向前行，不再为躯体形式障碍所困扰。

因编者水平所限，书中内容难免有疏漏或欠妥之处，诚恳希望广大读者提出宝贵的意见或建议。

编者

2019年3月

目　录

第一讲

如丝缚身，缠绵不休

—— 躯体化障碍的解读

躯体化障碍患者以一种近乎盲目的方式关注自身的每一处细微变化，这些变化可涉及全身的多个部位，头晕、胸闷、心慌、恶心、尿频、痛经、手脚麻木等是这类患者常见的主诉。他们大多流连于多家医院各科门诊、养生机构，却始终查无所因。但身体症状的持续存在或者此起彼伏，似乎成为他们不停就诊的动力。这种动力消耗了大量的医疗资源，也给家庭及社会带来了沉重的负担，也或许是所谓"因病致穷"的原因之一。

了解这类患者的出生、成长、工作与生活等经历，总会发现有这样或那样的"冲突"，这种由"冲突"压抑并转换成躯体不适的过程，称为"躯体化"，在此机制作用下形成的疾病即是本讲的主题"躯体化障碍"。虽然表现为各种躯体症状，但实质上是一种精神疾病，需要医患双方共同关注，并给予准确、合理的治疗。

一、横看成岭侧成峰——多角度认识躯体化障碍

让我们从以下案例谈起。

王某，28岁，男性。最近两年来常于晨起后即开始头脑昏沉、恶心欲呕、手脚麻木，偶在日常轻微活动中出

现气促与胸闷压抑感。而后，上厕所的时候会觉得小便不利。他自认为患上了严重的疾病，于是反复到各医院求治，大到"三甲"医院，小到社区诊所，采用了各种治疗方法和偏方验方，但上述不适仍此起彼伏、缠绵难愈。整个身体好像要报废的机器一样，日常工作和生活受到显著影响，曾经的女友也为此而分手了。家人老是劝他："放心吧，没啥事的，去运动运动很快会没事。"可是，王某始终觉得自己是个可怜的患者，啥事都做不了。

我们身边不乏王某这样的患者，他们年纪轻轻，但却有各种躯体不适，头晕、头昏、恶心、胸闷或手脚麻木等是最常见的不适症状。他们经常辗转于多家医院的多个科室，但没有一个医生能明确告知到底发生了什么，"没有大碍，别担心。"是常见的答复（图1）。这些患者痛苦不堪，却得不到他人的理解。他们逐渐变得惶恐不安、沮丧、失眠，担心自己是否罹患"疑难杂症"。但是，即便反复就诊，尝试多种治疗方案，没有任何改观，他们也无法面对自己是精神问题这个事实。

图1　无处就诊的周身不适

临床上，经过反复地就诊于综合医院的多个科室，经多种实验室或辅助检查手段均未发现能解释其症状的躯体疾病，此时，即需要考虑是否罹患"躯体化障碍"。这类疾病以各种躯体不适为主要表现，而且不同的理论流派有不同的视角，正如古人所言"横看成岭侧成峰……"，让我们来看看不同领域的专业解读。

1. 从思维模式上看

在朋友的介绍下，王某极不情愿地前往心理咨询师处寻求帮助。

在心理咨询室里，王某反复地诉说这么一段事。当他最初感到胸闷的时候，就担心自己患上了某种疾病，然后对照自身不适，上网搜寻相关资料。不仅如此，为了确诊自己的疾病，他还反复到多家医院就诊。经过数次检查，医生们大多给出同一结论——并无大碍。他也曾服用相关的药物，但令他疑惑的是，随着胸闷的些许缓解，身体的其他部位相继出现新的不适。

心理咨询师想要了解王某的日常生活、工作及恋爱等情况时，王某似乎并不感兴趣，咨询中总是把话题扯回对身体不舒服的抱怨上。

咨询师试图从认知的角度阐述发生在王某身上的故事：王某在日常生活中遇到很多事情，如工作压力、家庭关系与婚恋问题等等，当他面对这些问题的时候，总会不自主地与身体不适联系起来，而且常常以不良的思维方式来理解身体上的不适感。如对于口腔溃疡，他的思维模式是：溃疡是口腔发炎的表现，炎症扩大会出现全身感染乃至败血症，甚至会患口腔癌；而对于头痛的症状，他会直接把这个症状等同于脑瘤；感觉到胃痛，他就联想到胃部肿瘤。因此，他常会仔细留意身体状况，各种细微的变化总会"臆想"到各种灾难性的后果。他似乎因此才能"被迫"停止手头上的工作，以便身体能更好地得到"休养"。任何微小的躯体变化或不适就让他更为紧张和焦虑，而焦虑的来临又促使症状表现得更加"张牙舞爪"，由此互为因果，造成了"疾病"的迁延难愈。

💜 2. 从内心感受上看

在后来的经历中，王某经过咨询师的转诊，到一位资深心理治疗师处寻求更为系统的精神分析治疗。

经过与王某的多次会谈，心理治疗师了解到：小王在兄弟中排行最小，自幼性情懦弱，因为兄弟们都年长他很多，父亲是一个沉默寡言的人，母亲承担主要的家庭事务，父母常会因家庭琐事争吵。在他的记忆里，每每在熟睡中被父母的争吵声惊醒。在学校里与同学也较少接触，更谈不上知心朋友。大部分时间他都是孤单的，遇到困惑也无处诉说，长期压抑在内心深处。成长过程中他与同龄人一样，经历过各种躯体不适，如咽痛、胃痛、发热、头晕等。逐渐地，上述不适经常会在考试、面试等重要的时刻加重。王某成年以后，虽能努力工作以维持生计，但上述不适仍时有发生，且交替发作，这令他十分痛苦。

心理治疗师认为，王某的童年过得有点儿艰难，内心存在很多冲突。愤怒、不安、恐惧、低落等情绪随处可见，而且以他不善交流的个性，这些负面情绪自然就埋藏在潜意识之中了。然而，压抑冲突就像锅炉里的蒸汽，持续累积，久而久之，在某种机制的激发下，便以"躯体化"的方式表达出来。随着内心冲突的张力下降，内在的平衡得以短时恢复，但并不彻底，如此循环往复，导致了躯体化障碍的逐渐形成。

3. 从人体生理的角度看

病理生理学教授对王某的所有症状以及发病过程进行了详细的了解和分析，并给他做了全面细致的身体检查，指出：王某可能有相当高的敏感度，特别是对躯体不适的感受。王某这类患者常常将身体的轻微不适加以放大，当然，可能有某种应激因素的共同参与，尽管这些因素有时并不为他们所知晓。

二、为伊消得人憔悴——如何理解躯体化障碍

继续上面的案例。

除了胃部不适外，王某还有多种躯体不适，如有过长达半年的头痛、头昏，行脑电图、头颅MRI检查未

见异常，反复到神经科就诊，用药对症处理后有所减轻，但没完全好，后来不吃药了，不知咋地自己好了；有一段时间患者出现了反复腹痛、腹泻，每天拉几次稀烂便，做了两次肠镜都没发现异常，予止泻药物治疗有效，但不吃药又反复。除此之外，不是这里不舒服就是那里不舒服，这些年，患者大部分时间都被这些无名的病痛所折磨，大部分钱也是花在医院里，但反复检查却找不到病因。

最近，王某还出现了胸痛，感觉左侧胸部疼痛厉害，还有憋气，感觉喘不过气来，吃不下东西，卧床不起。实在忍不住，半夜去医院看急诊，怀疑心肌缺血或者心肌梗死，检查心电图却没发现异常，抽血检查也没发现异常，还做了心脏彩超、拍了胸片也没发现异常，医生也没辙了，尝试给予硝酸甘油含服也没缓解，做了24小时心电图也没发现心肌缺血的证据，疼痛持续几天，王某坚持认为自己患上了心脏病，听人家说冠状动脉造影术能查出心脏病，还想去做这个检查，后因医生认为没必要做才没做，王某却对这个检查念念不忘，胸痛持续了一个星期才有所减轻。后来医生怀疑他是"心脏神经症"，建议他看心理医生。

心理医生详细了解了王某的情况后，临床诊断为"躯体化障碍"。

1. 什么是障碍

首先，我们应该理解"障碍"这个词。"障碍"一词，在词典里面是"挡住道路，使不能顺利通过；阻碍；阻挡前进的东西"，可见"障碍"使我们不能继续在原来的路上前行，或者造成不便。

在英文当中障碍是disorder。意思是指：原来的规则、秩序被变更了，也可以理解为一种"失调、混乱、骚乱"的状态，同时因为其隐含的意义，即"这种状态下，既往前行的路途被阻挠或者暂停"，所以也可以理解为"障碍"。

如果说混乱、失调、骚乱在大自然中是一件常见的事情，那么，当我们碰到这些事情的时候，可能就会想："该死的天气、地震、洪水！让我们失去了旅程、房屋、假期、工作，让我们的生活陷入了混乱。"这时候，这些混乱、失调、骚乱就会成为我们人类的"障碍"。

我们可以理解"障碍"就是让我们的生活乱了方寸、失去方向的一种混乱状态。而"躯体化"怎么又能让人的生活陷入混乱和失调的状态呢？

2. 什么是躯体化

每个人都有躯体，我们存在的基本条件就是有一个躯体，这一个合理的前提应该没有人会怀疑。而"躯体化"这是一个1925年才诞生的词汇，他的英文是

somatization，用来描述一种精神状态，比如焦虑和抑郁的情绪，转化为身体症状。可以理解为在合理的医疗条件处理下，身体仍然存在一种持续的不适投诉。

我们可以用图2来解释。

图2　躯体化

从图2中，我们可以理解到，"躯体化"是"转换"而来的，情绪转化成为躯体的症状。

3. 转换代表什么意思

读者朋友可能会提出质疑："躯体化"怎么会是情绪的"转移"呢？在这里，向大家介绍一个相关的"假说"。这个"假说"是心理学大师弗洛伊德提出。他就是那个明确提出"潜意识"心理层次结构的学者。他通过谈话治疗"歇斯底里"发作的患者时发现，一些症状来源于深层次的内心冲突，这些冲突被"防御机制"限制在潜意识层面，而被世人所察觉的是"躯体症状或异常情况"。于是弗洛伊德就假设世人所发现的"症状"，是由"内心冲突"通过防御机制转换而来，在内心冲突被解释、被接纳并修通后，"症状"就会消失。于是，身体症状的出现和内心冲突就被连接起来，这个过程也称为"躯体化"。

4. 躯体化障碍应该这样理解

回到之前的案例，让我们来了解王某发生了什么事情。

王某小时候常常遭受家长的冷漠对待，他的需求不能被合理地满足，甚至还经常有威胁感，他可能在适应这样的环境的过程中，学会让情绪得到隐藏，但自己的需求依然存在，这时候，他可能发现疾病状态下的自己能更好地得到满足。于是，他学会"感受身体的不适"。在成长中，他渐渐地理解身体诸多不适的人是"先天不足"之类的说法，这更可以让他在"不足"的基础上获取舒适和照顾。但是这种做法可能不适合成年人的世界，因为成年人的世界更多的是"竞争""能力""提升"，这时候他的方式未能及时调整，在努力适应却碰到越来越多的失败后，他开始对自己能否适应产生了怀疑，进而继续使用他的方式去生活，于是他更多地发现身上的不适，然后在这个家庭中以自己的方式过活。尽管我们看到的是一种"障碍"，但其实对王某来说，这就是生活方式，某种程度上和"来一场说走就走的旅行"的生活方式一样——"来一场说不舒服就不舒服的病"。

这类疾病患者常因躯体上的诸多症状与不适而苦恼，绝大部分人甚至连工作、生活与人际交往均受到了显著影响。与此同时，为了缓解这种痛苦感，在既得的医疗条件下，他们常反复求医，却往往面临阴性结果，医生可能会告诫患者他们身上的症状很难用某个（些）脏器的疾病来解释。因此，对疾病的反复求证与反复就医就成为他们的主要日常生活目的，频繁服药而症状缠绵，生活也逐渐遭受影响，出现混乱和糟糕的心情自然不可避免。

可见，"躯体化障碍"并非某个（些）特定的器官发生了结构上的变化，而是一个人的情绪因为身体的诸多不适而发生紊乱，导致不能继续原来的生活。这就是为什么成为"躯体化障碍"，而不是"某某器官的疾病"。同时，应注意到，发生此种转换绝非一日之功，因此，在做出诊断前需要审慎观察并严格排除躯体上切实存在的疾病。

♥ 5. 难以名状的内心感受

还有一种说法是，患者不懂得"说"出自己的情绪。这种状况有一个学术名称叫"述情障碍"，意思是不能适当地表达自身情绪，难以描述内心体验，情感表达困难。

读者可能奇怪的是"不能表达自己的情感"这个说法，举个例子，如果在一个强调"正能量"，强调"积极""乐观"的环境中，当一个人发现自己有着不同的感受，比如说伤心、消极、无助、恐惧、不安等情感，就会被环境的气氛所影响，变得难以诉说，有的人甚至认为自己这样是错误的、不应该有的想法。当负面情绪被无形中贴上标签后，就逐渐难以诉说，久而久之，甚至难以触及。而躯体化障碍的人群中，就往往出现上述情况，他们大多不愿意探讨内心原因，并且难以识别、表达自己的感受。

三、乱花渐欲迷人眼——症状群的多样化

躯体化障碍的症状往往涉及躯体多个系统或器官，复杂多样，此起彼伏。基于此，患者往往会求助于医院的各个科室反复查证，但均获得阴性结果。常见的类型与具体症状见表1。

表1　躯体化障碍常见的类型与症状

类型	症状
胃肠道症状（常见）	恶心、呕吐、便秘、腹痛、腹泻等
疼痛	头痛、胸背痛、关节痛、排尿痛等

续表

类型	症状
转换症状	咽喉梗阻感，言语、视力或听力障碍等
类神经系统症状	肌麻痹、皮肤感觉异常、癫痫样发作或抽搐
内分泌或生殖系统症状	痛经、经期不规律、月经量多；性冷淡、勃起或射精困难等
心血管与呼吸系统症状	头晕、目赤或胸闷、心悸、气促等

　　上表中的症状，可同时出现于同一患者身上，有时甚至多达6种以上。

四、专业医生如是说——怎样诊断躯体化障碍

　　根据《中国精神障碍分类与诊断标准（第3版）》(CCMD-3)，躯体化障碍是一种以多种多样、经常变化的躯体症状为主的神经症。症状可涉及身体的任何系统或器官，最常见的是胃肠道不适（如腹痛、打嗝、反酸、呕吐、恶心等），异常的皮肤感觉（如瘙痒、烧灼感、刺痛、麻木感、酸痛等），皮肤斑点，性及月经方面的主诉也很常见，常存在明显的抑郁和焦虑。常为慢性波动性病程，常伴有社会、人际及家庭行为方面长期存在的严重障碍。女性远多于男性，多在成年早期发病。

[症状标准]

1. 符合躯体形式障碍的诊断标准。

2. 以多种多样、反复出现、经常变化的躯体症状为主，在下列4组症状之中，至少有2组共6项。

（1）胃肠道症状，如：腹痛；恶心；腹胀或胀气；嘴里无味或舌苔过厚；呕吐或反胃；大便次数多、稀便，或水样便。

（2）呼吸循环系统症状，如：气短；胸痛。

（3）泌尿生殖系症状，如：排尿困难或尿频；生殖器或其周围不适感，异常的或大量的阴道分泌物。

（4）皮肤症状或疼痛症状，如：瘢痕；肢体或关节疼痛、麻木或刺痛感。

3. 体检和实验室检查不能发现躯体障碍的证据，能对症状的严重性、变异性、持续性或继发的社会功能损害做出合理解释。

4. 对上述症状的优势观念使患者痛苦，不断求诊，或要求进行各种检查，但检查结果阴性和医生的合理解释均不能打消其疑虑。

5. 如存在自主神经活动亢进的症状，但不占主导地位。

[严重标准]

常伴有社会、人际及家庭行为方面长期存在的严重障碍。

[病程标准]

符合症状标准和严重标准至少已2年。

[排除标准]

排除精神分裂症及其相关障碍、心境障碍、适应障碍或惊恐障碍。

五、安能辨我是雌雄——如何鉴别诊断躯体化障碍

1. 要明确排除躯体疾病

某些躯体疾病早期不一定能找到客观的医学证据，躯体化障碍的诊断要求2年以上病程，以自然排除躯体疾病所引起的不适。即使已经诊断为躯体化障碍的患者，他们仍有可能在随后的病程中发生独立的躯体疾病。如果患者的躯体主诉重点和稳定性发生改变，应进一步检查和会诊。对于起病年龄稍大（40岁以上）、躯体症状单一、部位较为固定，且呈持续加重者，应首先考虑器质性病变的可能，并密切观察。切忌根据患者存在心理社会诱因、初步检查未发现阳性体征、有一定暗示性就轻易做出躯体化障碍的诊断。

2. 排除其他心理障碍

从前述的内容可以看出，躯体化障碍患者同样会有很多的负性情绪体验，因此要排除有无抑郁障碍、焦虑障碍、疑病症等的可能性。

表2中的内容有助于区分躯体化障碍与抑郁障碍。

表2　躯体化障碍与抑郁障碍的区分

项目	躯体化障碍	抑郁障碍
躯体不适的部位	四五个以上	少于3个
消化系统	胃部不适，腹胀，腹痛	食欲不振，消瘦
神经系统	头痛为主	头晕，头痛，头脑不清为主
肌肉、皮肤	肌肉、皮肤疼痛不适多	少
睡眠障碍	少	多
情绪低落	轻度至中度	中度至重度
过度关注身体	明显，并且难以停止	感觉迟钝
过度关注人际问题	很少关注	明显，多疑，有敌意
人际交流	更多地诉说身体不适，反复诉说，有依赖性	孤僻，喜独处
内心感受的描述	难以诉说内心感受和情绪	能较为清晰地告知内心感受

至于焦虑障碍，患者更多以内心体验到的紧张不安为主，躯体不适症状相对逊色。一旦症状的严重程度和持续时间达到相应标准，则可分开诊断。

六、多样支持显疗效——如何治疗躯体化障碍

尽管并非本意，王某还是在家人及朋友的建议下，前往心理科寻求系统治疗。

心理医生经过详细评估之后，为他制订了综合的治疗方案：一方面，给予相应的药物，以缓解其不良情绪；另一方面，予以相应的心理治疗，包括认知行为治疗，以改善他对该病的认识，重建正确的行为模式；同时予以系统性家庭治疗，以改善其家庭关系。

治疗1个月后王某的病情开始好转，各种不适出现的频率开始降低，对治疗也逐渐恢复了信心。经过半年的综合、系统治疗，王某的各种躯体不适已显著减轻，重新恢复了正常的生活。

1. 药物治疗

由于躯体化障碍患者常会有焦虑和抑郁症状，可用选择性5-羟色胺再摄取抑制剂（SSRI）或其他抗抑郁剂治疗，以改善不良情绪，早期控制症状。国外临床研究发现，小剂量抗焦虑药可部分改善躯体化障碍患者的症状。药物应维持在小剂量并仔细监测不良反应。

应谨记避免使用成瘾性药物，这一点至关重要！同时，应注意患者服药的依从性，避免不规则服药、随意服药，甚至过量服药做出自杀姿态或尝试自杀。

2. 心理-行为治疗

目前的治疗以纠正错误认知为主要方式。在治疗之前，患者和治疗师必须建立起稳固、信赖的治疗关系。这一目标常常难以实现，因为患者通常咨询了许多不同专业的医生，听到过各种对其病因的解释，既往医患关系不佳。教育原则和保证原则对躯体化障碍患者也相当重要，对患者进行医学常识的宣教以及善意的保证，无疑会增强患者对治疗的信心。

治疗师也应该和患者的家人建立一定的联系，这有助于更好地了解患者的社会支持系统，而家人可能是治疗过程中理解和管理患者紊乱的个人生活方式的关键。

3. 尽量坚持看同一个医生

需要指出的是，躯体化障碍的症状常反复波动，告知患者或家人，对比要有心理准备。如有可能，尽量少更换医生，这或许对减少日后症状的反复有帮助，有利于患者的长期预后。

小贴士

放松治疗

1. 日间训练

（1）取坐式姿势，双手置于双膝，头部微低，双眼微闭，两腿自然弯曲。

（2）调整呼吸入静，取腹式呼吸，减慢并调节呼吸节律，默数呼吸次数，以助入静。

（3）在自我"意念"放松的暗示下，逐渐放松肌肉，从头面部到双肩、上下臂和手，再从胸部、背部、腰部、腹部、臀部再到大腿、小腿、足部依次放松肌肉，直到全身放松。每天训练30分钟。

2. 夜晚训练

（1）取仰卧位，患者身心充分放松，上肢自然伸直，肘略外展，下肢舒伸，自然分开，与肩宽，脚尖自然外展。

（2）两眼向正上方注视，然后把目光收到眉心中间，向鼻尖、上胸、小腹注视，意守下腹，闭目合齿，舌尖抵上腭，呼吸深长，以腹式呼吸为主，默念数次，直到入睡。

本讲小结

躯体化障碍通常被认为是由个性特征、生活环境与身体状况等多方面原因引起的。这类患者大多在发病初期无所适从，遵循常规的方式去求医，但往往未能确认。在对症治疗的情况下，病情可能有所缓解，但症状会反复出现。患者确实存在难以忍受的痛苦，他们真切地感受到各个系统不适带来的生活困扰，经历了多种治疗方式，依然难以痊愈。因为该类患者的症状表现与内、外科系统疾病类似，患者及其家人往往否认其症状与心理状况有关，常导致诊断与治疗的延误。临床上，在面对可疑躯体化障碍的时候，需要详询病史、仔细阅读相关检查资料，个别患者的诊断甚至耗时较长。它虽是一种常见病，但却不像高血压、糖尿病一样被广泛认识。当患者接受正规治疗后，往往能逐渐缓解全身症状，继而康复。

案例扩展

感觉身体像个火炉，周身不舒服

我今年40岁，是3个孩子的妈妈。我自小就在农村生活，上过几年小学，但很快因为家里穷，就辍学了。后来就种地，帮补家计。父母都是农民，我还有两个姐姐和一个弟弟，因家里实在太穷，16岁就出来打工了。

第一次来广州，是半夜坐大巴来的，看到那么多的路灯、那么大的汽车、那么大的火车站，我整个人都惊呆了。原来夜晚是可以这么亮的，原来车可以坐这么多人和跑这么快，原来火车站会有这多人。我怀着惶恐而又惊喜的心情，踏上打工之路。刚开始非常不习惯，因为我知道的事情很少，语言也不熟悉，就这样饱一餐饿一餐地坚持熬了几年。当时也没有什么朋友、亲人，仅有同宿舍的一些同事，还有就是一起出来打工的老乡。迫于生存的压力我还是熬过来了。

在20岁那年我结婚生了孩子，我们夫妻俩都是打工族，几年后我成了3个孩子的妈妈。之后，每天打工、带孩子。丈夫只知道在单位做事，对家务事极少过问，我们之间也很少交流。平凡的日子就这样一天又一天过去。孩子逐渐长大，大的已出来打工，小的也在念高中了。慢慢地，我开始感觉到生活的无聊，甚至厌烦。

两年前的一次感冒后，我觉得天挺热的就洗了个冷水澡，然后感到全身发烫、出汗。我当时觉得很奇怪，总是感到手脚发热、僵硬不舒服，无论昼夜均如此，测体温又正常。后来逐渐出现睡眠不好，胃口也差了，还经常口渴、尿急，而且热感有时候从胸口发出来，偶有呼吸不畅、胸口闷，像被石头压的感觉。两年来，我感到被折磨得不成人样了，到处去看病，也吃了很多药，但问题似乎越治越多。看，我又瘦了，又憔悴了。现在的我，工作也做不了，家务也做不了，丈夫老是埋怨我，家里还有孩子要钱读书，我心情糟糕极了，有时候甚至想一死了之。

我当初以为身体有问题，随便到医院看看就可以，可谁知，检查做了一大堆，没查出病因，治疗效果可想而知，逐渐地，我变得心灰意冷了。最近一次去看内科的时候，有个医生叫我去看心理科，我就抱着半信半疑的态度去了心理科。

在心理科，医生说我得的是躯体化障碍，我第一次听到这个名字，完全不了解，然后就开始服药。服药一个多月后，胸口发热的感觉逐渐消失了，心情也有所好转，头痛也减轻了，睡眠也好了一些。医生还叫我丈夫陪我一起看病，有时候也跟我们说说话，告诉我身体上的问题其实没有那么严重，但生活中的问题很大，要我们重新规划一下生活，包括和丈夫、孩子的关系，同时也要注意自己的心态变化。对于问题要尝试找机会说出来。在半年的治疗过程中，我觉得有明显好转，尽管还会有些疲倦感，手脚偶尔仍有发热和紧绷感，但我已经上班，丈夫和我分担家务，孩子们也更亲近了一些。我不知道这一切是怎么发生的，但是，我觉得我没有那么灰心了。我重新恢复了生活的勇气。

案例评析：

该案例患者主要表现为身体各个部位的不适感，且查无所因。尽管症状的程度相对较轻，但反复出现，患者为此而感到苦恼。同时，因症状牵涉不同的系统，故患者经常反复辗转于各个专科，尝试多种治疗方案却无法痊愈。期间常伴有紧张不安或失去信心等情绪。属于典型的躯体化障碍。这类患者在生活中通常有着难以言表的情绪，或者自身对情绪表达的能力不足，使他们的人际交流受到制约。患者常常最后才到精神科求治，而此时，症状通常已经持续一段时间了。合理的药物治疗配合心理治疗，通常奏效明显。

第二讲

胆战心惊，作茧自缚

——躯体形式自主神经

功能紊乱的解读

躯体形式自主神经功能紊乱是躯体形式障碍的一个亚型，是一种主要受自主神经支配的器官或系统发生躯体障碍的神经症样综合征。这类患者通常在自主神经兴奋症状（如心悸、出汗、脸红、震颤）基础上，又发生了非特异的、但更有个体特征和主观性的症状，如部位不定的疼痛、烧灼感、沉重感、紧束感、肿胀感，经检查均不能发现能解释症状的器质性原因。躯体形式自主神经功能紊乱的特征在于明显的自主神经受累症状附加非特异性的其他系统症状，并坚持将症状归咎于某一特定的器官或系统。

酷暑天也要穿羽绒服

2012年6月的一天，骄阳似火，气压低，空气湿度大，闷热得厉害。我的患者陈女士如约来诊，只见她依旧裹着她那笨重的羽绒服。

大概从5年前开始，即便是酷暑夏日，陈女士却毫无缘由地觉得发冷、出汗，伴随心慌、脸红、消化不良及全身多处隐隐的不适。因为担心会感冒，她不断地增加衣服，虽然衣服越穿越多，但却丝毫不能减轻她怕冷的感觉。在这炎炎夏日，穿着羽绒的她由于大量出汗经常周身湿透，因为担心湿透的衣服会导致感冒，于是更紧张，反复地更换衣服。为此，她工作和生活受到很大影响，自己觉得非常痛苦，常常愁眉苦脸。

从陈女士的临床表现中，我们可以看到大量诸如怕冷、出汗、心慌、胸闷及皮肤异常感觉等主观症状，医学上认为这些都与自主神经功能紊乱有关。根据她的病情，临床诊断为"躯体形式自主神经功能紊乱"。虽然这种疾病多表现为各种身体上的不适，但这确实是一种典型的精神疾病，下面我们将做系统介绍。

一、人体的自动感应电路——自主神经

1. 从神经与自主神经说起

人体的神经系统是个结构与功能都极其复杂的系统，大脑是神经系统的最高级中枢，相当于"司令部"。大脑通过神经与各个器官、系统联络在一起，神经就像是"通信兵"。通常，外部的刺激（如颜色诱人的美食）由神经信号传递到大脑，经过大脑的综合分析，又通过神经信号把来自大脑的指令（如流口水及咀嚼）传递到特定的器官（如口腔），从而产生特定的动作（如流口水）。负责将刺激传入大脑的神经叫感觉神经，负责将指令传出大脑的神经叫运动神经。这些神经由特定的刺激激发，并沿着特定的径路传导并产生动作，我们认为是可控的。

与之相对应的，就是另外一类不随人为意志而转移的神经系统，如产生怕冷、出汗、心慌、胸闷及皮肤异常感觉的神经，由于其自主性强，不受大脑意志的随意控制，能无意识地调节身体功能，如心率、消化、呼吸速率、瞳孔反应、排尿及性冲动等，医学上称之为自主神经，也曾称之为"植物神经"，临床常见的"自主神经功能紊乱"就与这组神经的功能异常有关。

医学上，这类自主神经包括交感神经和副交感神经，共同支配呼吸系统、消化系统、心血管系统、膀胱等内脏器官、系统，以及内分泌腺、汗腺等腺体分泌。例如，心跳快慢、呼吸急缓、唾液分泌、出汗等都是自主神经调节的结果。正常情况下，交感神经及副交感神经功能相反，相互平衡制约，共同协调和控制各器官、系统的生理活动。

更形象地理解，如果将人体的神经系统看作家庭的整个电路系统，大脑则是电箱，控制所有电路及电灯，各器官是灯泡，自主神经系统则是自动感应电路，不用人为控制，会根据环境变化自动做出反应。就像你走进楼梯的时，自动感应电路感应到有人，灯自动亮起，当你走远后，灯又自动熄灭。

2. 自主神经系统的组成——交感神经与副交感神经

假设某天你和家人到动物园游玩，当你见到狮子、老虎或鳄鱼等猛兽时，相信并不会十分紧张、恐惧，因为它们都被关在铁笼子里。而当你突然发现不远处的草丛中有一条银环蛇"嘶嘶"地吐着舌头向你袭来时，你一定紧张得要命，心脏"扑扑"地跳、呼吸急促、出汗、双眼瞪大、浑身起鸡皮疙瘩等。甚至原本想去小便，而此刻也尿意全无了。这就是交感神经系统兴奋的一系列表现。

还有，当你第一次走上讲台面对众人发表演讲时，当你观看异常血腥的斗牛表演时，当你在电脑前准备查询你的高考成绩时，当你面对心中的女神准备向她表白时……可能都会出现上述类似的情形。

副交感神经兴奋时，表现和上述恰恰相反，此处不再列举具体事例。

交感神经是自主神经系统的重要组成部分，由脊髓发出的神经纤维到交感神经节，再由此发出纤维分布到内脏、心血管和腺体。

交感神经的主要功能是使瞳孔散大，心跳加快，皮肤及内脏血管收缩，冠状动脉扩张，血压上升，小支气管舒张，胃肠蠕动减弱，膀胱壁肌肉松弛，唾液分泌减少，汗腺分泌汗液、立毛肌收缩等。当机体处于紧张活动状态时，交感神经活动起主要作用。

副交感神经作用与交感神经作用相反，它虽不如交感神经具有明显的一致性，但也有相当关系。它的纤维不是分布于四肢，而是分布于肾上腺、甲状腺、子宫等副交感神经分布处。副交感神经主要维持安静时的生理需要，多数扮演休养生息的角色，其作用有3个方面。

（1）瞳孔缩小以减少刺激，促进肝糖原的生成，以储蓄能源。

（2）引起心跳减慢，血压降低，支气管收缩，以节省不必要的消耗。

（3）消化腺分泌增加、增进胃肠活动，促进大小便排出，保持身体的能量。协助生殖活动，如使生殖器官血管扩张，膀胱收缩等，性器官分泌液增加。

3. 油门和刹车的互根互用——交感神经和副交感神经的运行机制

人体的很多组织器官都受交感神经和副交感神经的双重支配，在具有双重支配的器官中，交感神经和副交感神经的作用往往具有相反的作用。当你激动时，交感神经兴奋则心率增快；当你安静准备睡觉时副交感神经兴奋则减慢心率。两者根据身体内外环境自动调节各自的兴奋程度，共同维持所支配器官的正常生理功能。就像汽车的油门与刹车，当需要加速时油门发挥作用，当需要减速时刹车发挥作用。也类似于自动感应路灯，根据环境的光线自动调整路灯的明暗度，当环境光线不足时，电灯自动变亮，当环境光线变亮时，电灯自动降低亮度，使环境维持一个相对固定的照明度。

图3可以形象地描述交感神经与副交感神经的作用。

正所谓"一朝被蛇咬，十年怕井绳"，我们都有这样的经历，当看到蛇时，交感神经系统迅速兴奋，于是心率加快、呼吸急促、血压升高，用以充分调动人的潜能应对危险情境——逃跑；当我们脱离危险时，与之拮抗的副交感神经开始兴奋，抑制过度兴奋的交感神经，以恢复人体的正常状态，这时，我们逐渐心情平静，汗出减少，心率恢复常态。

图3　交感神经与副交感神经的作用

同样，躯体疾病也会影响交感神经和副交感神经的功能，如甲状腺功能亢进、低血糖、发热等会导致出现心慌、出汗、气促等交感神经兴奋的表现。某些脑内肿瘤、脊髓肿瘤会引起副交感神经兴奋性减退，表现为瞳孔放大、排尿困难、阳痿等。

如果既非躯体疾病，也非遭遇到诸如毒蛇、猛兽等令人恐惧、吃惊的情景时，身体依然出现心慌、出汗、气促等自主神经功能的表现时，就可能与某种心理疾病有关了，下面介绍的躯体形式自主神经功能紊乱就属于这种状况。

二、灯泡不亮了，电线惹的祸——躯体形式自主神经功能紊乱

再回到本讲开始的案例。

陈女士这几年辗转于多家大型三甲医院，到神经内科、内分泌科、皮肤科、心内科与消化科反复就诊，反复做各种检查，均未发现什么异常。曾有医生建议她去看心理科，遭到了她的拒绝，她甚至怀疑医院的检查设备及医生的水平，几年时间过去了，各种检查单装了满满一大袋，病情却似乎愈加严重，她陷入深深的痛苦与消极之中，不能继续上班。在一位神经内科著名专家的强烈建议下，她才勉强同意到心理科就诊，经在网上了解相关信息后，背着一大袋衣服来我院就医，故出现了本案例开始的一幕。

陈女士是国企员工、高级知识分子，在令人羡慕的收入和家庭背后，也自然有着与之匹配的理解及认知系统。但是对于"怕冷、出汗"这个疑难杂症，她却遭遇了前所未有的挑战。让她始终无法理解的是，自己感同身受的多种身体不适怎么就摇身变成了"心理疾病"？在她的眼中，"心理疾病"意味着"没有问题"，她真真切切感受到的怕冷、出汗，怎么又可能是"装出来"的呢？

躯体形式自主神经功能紊乱恰恰就是有着"躯体问题的脸"，却含着"心理问题的心"这样一类疾病。这

类问题从表面上看，是各种躯体症状，但反复进行各种检查均不能发现能解释其症状的躯体器质性病因，事实上，这是心理问题在作怪。我们用"灯泡不亮了，电线惹的祸"来形象诠释这个逻辑。

当我们发现楼道的自动感应灯不亮了，首先想到的就是灯泡的问题，但事实上，也可能是线路发生了故障。就如我们感受到的心慌，其原因并非心脏自身的器质性病变，问题很可能出在传导心电信号的自主神经上，这就是躯体形式自主神经功能紊乱的病因。当自主神经支配的器官、系统（如心血管、消化道、呼吸道等）的功能异常所表现出来的症状（如心慌、胸闷、饱腹感、濒死感等），经过反复检查却没发现能解释其症状的相关器官病变，这时我们就应该考虑躯体形式自主神经功能紊乱的可能性。

躯体形式自主神经功能紊乱通常具有以下特征。

（1）起病常与心理社会因素有关，强烈的突发事件如洪水、地震等，乃至日常生活琐事如失恋、失业、人际冲突、家庭矛盾等，这些心理社会因素都与本病的发生有直接的联系。

（2）患者常具有某些性格特征，情绪不稳定、性格孤僻内向的人更易于发生躯体形式自主神经功能紊乱。

（3）症状没有相应的器质性病变基础，指的是根据目前的科学技术水平，应用最先进的设备反复检查都不能找出相应组织、器官的病变。

（4）个体的学习或工作能力以及人际交往能力相对完好。患者生活自理，能坚持学习，坚持工作，言行举止通常都在社会规范所允许的范围之内，但相对于正常时，学习、工作能力有所下降。

（5）患者会主动告诉医生哪里不舒服，有极力摆脱不适的要求。

三、识别疾病的变与不变——躯体形式自主神经功能紊乱的核心特征

1. 核心铁三角——核心临床表现

在临床上，躯体形式自主神经功能紊乱的核心表现有以下3种特征。

（1）核心铁三角之"周身不适"

患者通常可能出现部位不定的疼痛感、烧灼感、沉重感、紧束感、肿胀感、瘙痒感等主观感觉上的不适。不同患者表现各异，可以出现一种或几种，如有的患者感觉头痛、肩背痛、胸痛等；有的患者可表现头部沉重、四肢沉重犹如绑着沙袋、头部被毛巾包裹或四肢被缚手套或袜套样的感觉等。这些症状涉及多种器官及系统，其发作及终止均没有固定规律，也找不到能解释的器质性病因。

（2）核心铁三角之"固执的观念"

患者通常坚持认为是某一特定的器官或系统疾病导致目前的不适感，就像灯泡不亮时，常被认为肯定是灯泡的问题，而忽视隐藏在背后的电路等问题。比如：胸痛的患者坚持认为是心脏出了问题，各种关于心脏的检查均提示无心脏器质性病变，但患者却难以接受，并对检查结果及医生的解释持怀疑的态度，因此反复就诊于多家医院、多个专科进行求证。受传统观念的影响，部分患者对心理问题归因的医生十分反感，甚至敌对。

（3）核心铁三角之"反复检查、求证"

患者通常存在多种涉及不同系统的自主神经功能紊乱表现，如累及心血管系统、消化系统、呼吸系统及泌尿系统等，出现心慌、出汗、脸红、胸痛、腹泻、咳嗽、尿频等，由于不能正确归因于精神疾病，相关科室又始终查不出能解释其症状的器质性病因，也在某种程度上加剧了上述"固执的观念"。如此循环往复，导致了上述功能紊乱愈发缠绵难愈，既消耗了大量的人力物力，也造成了医疗资源的浪费。

2. 各科大夫眼中的躯体形式自主神经功能紊乱

在临床中，此类患者常常在各大综合医院各科反复就诊，反复检查而没发现明显异常病变，却常伴有失眠、焦虑、注意力不集中、记忆力减退等表现，也常被贴上各种功能性疾病诊断的标签。躯体形式自主神经功

能紊乱所累及的不同器官、系统的具体临床表现与各科大夫眼中的下列疾病临床表现基本一致。

（1）心血管内科大夫眼中的"心脏神经症"

心内科门诊就诊的患者大约10%～15%属于此症（图4），常见表现为：①自觉心脏搏动增强、心慌，能感觉到自己的心跳，感觉心跳过快或不规则，这些表现间歇性发作，心理紧张时会加重，转移注意力能有所减轻。②患者会觉得呼吸不顺畅或呼吸困难，感觉氧气不够，有时需要深呼吸或深深叹一口气来缓解呼吸不畅，还有的患者有过度换气。③可有胸痛，部位不固定，游走性，以左乳房及乳房下部为多，有时在左胸，有时在右胸。性质为钝痛、针刺样痛或压迫性痛，有时有胸闷，可持续数秒至数天不等，发生和终止时间多不清晰。④四肢疲乏无力，轻微活动即感疲劳。

图4　反复检查心电图的"心脏神经症"患者

（2）消化科大夫眼中的"胃肠神经症"

在消化科就诊的此类患者以20岁左右的女性多见，常表现为上腹部不适、嗳气、呃逆、吞之不下吐之不出感、恶心、呕吐、胃痛、胃胀、胃内翻腾或搅拌感、大便次数增加、腹泻、便秘、消化不良、食欲下降、吃饭不香等，往往导致消瘦、体重明显下降。

案例中陈女士的情况是个案吗？让我们回顾一下她的病史。

陈女士大学毕业后从事会计工作，自觉工作压力大，后来又同恋爱3年的男朋友分手。生活及工作上的打击，让陈女士不仅没能走上追寻下一站幸福的快车道，反而慢慢地开始出现怕冷、出汗等症状，起初她自以为体虚，自服一些补品无效，后来多次找中医调理，也未见明显改善。每天陷入出汗、怕冷、加衣服——出汗、换衣服——出汗及怕冷的恶性循环中，自觉异常痛苦，工作也受到了显著影响。

在多年的治疗经历中，陈女士发现，和她有类似症状的患者并非少数，他们分布在综合医院的消化科、心血管科、神经内科及耳鼻喉科等多个科室，以女性多见，尤其是比较内向、工作紧张的人，患者的年龄通常为20～40岁。虽然彼此有着不完全相同的症状表现，但陈女士也总结出了一些相同点：如患病时间都很长，反复就医，反复接受检查均未找到病因，为此十分痛苦；

最后患者都会被转介到心理科，但"更出名的专家和更高级的检查"才是他们的一致需求。

（3）呼吸科大夫眼中的"神经性咳嗽"

此症常见于较大的少年儿童，表现咳嗽较低沉、无痰、呈刺激性，在外人看来显得勉强，而且睡眠期间不会出现咳嗽。此外，就诊于呼吸科的患者还常常表现为呼吸加深加快、窒息感（感觉不能呼吸）、胸痛、胸闷，伴有四肢末端及口周麻木感等。

（4）泌尿科大夫眼中的"尿道综合征"

此症常见的表现有小便次数增多、尿急或排尿困难、尿失禁、排尿后疼痛、性交困难等，有些人还有下腹痛、背痛、腰痛等。

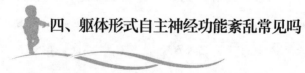

四、躯体形式自主神经功能紊乱常见吗

有研究显示，约3.2%内科就诊患者符合躯体形式自主神经功能紊乱的诊断标准。而目前，国内尚无准确的流行病学数据。一方面，是由于诊断标准的一致性并不高；另一个重要方面，是我国的医师培训体系中缺乏相应的精神医学系统培训，临床医生往往忽视精神疾病的知识，导致各个科室医生对本病的识别程度不高。事实上，该病在临床各个科室都十分常见。

有学者甚至推测，由于受传统文化习俗的影响，在我国躯体形式自主神经功能紊乱的发病率可能更高。

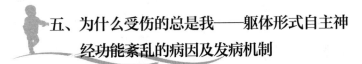

五、为什么受伤的总是我——躯体形式自主神经功能紊乱的病因及发病机制

1. 躯体形式自主神经功能紊乱的病因

在临床上，谈及精神障碍时，一部分患者或家属认为社会心理因素才是导致疾病的唯一原因，比如他们会抱怨："医生，他这个病是由于工作压力导致的。"或者"他得这个病的原因就是失恋。"另一部分患者或家属则坚持归因于某个（些）特定的器官或系统出了问题，否认心理因素的作用。事实上，迄今为止，对于躯体形式自主神经功能紊乱的病因尚未完全清楚，但比较一致的认识是这类障碍通常是由生物-心理-社会等多因素共同作用的结果。

（1）先天不足是内因

①有其父必有其子——遗传因素。生活中，我们常有的经验是患有乙肝的人，其配偶及子女中感染乙肝病毒的机会远大于其他无乙肝病史的家庭，我们常把某个家庭系统中呈现出的某种疾病共性，称为家族聚

集性，乙肝是典型的家族聚集性疾病。严重的精神疾病如精神分裂症、双相情感障碍受遗传因素的影响也较大，具有一定的家族聚集性。

那么，当一个家庭成员患有躯体形式自主神经功能紊乱时，下一代是否更易罹患此病？这是患者及家属都非常关心的问题。其实不必过于担心，对于躯体形式自主神经功能紊乱的遗传特性，目前尚无一致的认识。虽然存在潜在家族聚集性的风险，但是这种风险并不等同于显性遗传（即父母患病，其子女一定易感）。其实，后代的患病风险，与下面即将讨论的人格、应激等因素关系更为密切。

②个性影响疾病——性格因素。研究表明，具有以下性格特征的人，更易发生躯体形式自主神经功能紊乱，如性格孤僻内向、遇事焦虑不安、犹豫不决、情绪不稳定等。这类人群通常对外界刺激的耐受性更差，适应环境及对外界刺激的应对能力明显不足。

③特殊时期易患病。特殊时期，如女性的月经期、生殖周期时，由于体内激素水平的显著变化，常常会出现痛经、发热汗出、烦躁易怒等自主神经功能紊乱的症状；而当女性在40~60岁之间，随着卵巢功能的逐渐衰退，特殊的生理心理变化也常会招致自主神经功能紊乱的症状。

（2）后天应激是外因

常见的社会心理因素有自然灾害，婚姻、家庭矛盾，学习、工作压力、心理需求与现实冲突等。上述因素如未能及时排解常导致内心紧张，如持续累积，超过机体自身的调节能力时，则会出现各种躯体上的不适症状，从而最终导致躯体形式自主神经功能紊乱的发生。

常见的社会心理因素大致可分为外在的生活事件和内在的需要受挫与动机冲突两个方面。

①家家有本难念的经——生活事件。强烈的或持续存在的生活事件，会直接或间接地影响高级神经中枢，导致过分紧张，从而诱发中枢神系统和自主神经系统功能紊乱。上述生活事件既包括灾难性事件，如洪水、地震、重大车祸中丧失亲人等；也包括日常生活琐事，如恋爱、婚姻、家庭问题与人际关系问题。同样的生活事件对不同个体的作用不一，是否最终患病，还取决于个体的性格特征、生活经历、认知评价与社会支持等因素。

②鱼与熊掌不可兼得——需求受挫与动机冲突。著名的心理学家马斯洛先生提出的需要层次理论将人的需要分为5个层次，从低级需求到高级需求依次为：生理需求、安全需求、爱的需求、被尊重的需求和自我实现的需求（图5）。各种需求未获满足（如性压抑、安全感缺失、缺乏爱、郁郁不得志、理想抱负不能实现等）容易导致躯体形式自主神经功能紊乱的发生。

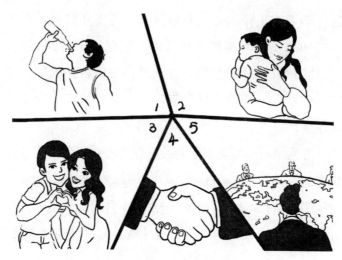

图5　人类五个层次的需求

那么，动机是什么？动机是在需求的基础上产生，并唤起、推动人们采取行动去达到既定目标的内部动力。动机之间可能会出现冲突，比如：当一个男孩同时爱上两个年轻漂亮的女孩，而又只能选择一个发展恋爱关系时，就出现了动机冲突，这种情形称为双趋式冲突，即鱼与熊掌不可兼得；当一个人处于前有狼后有虎的境地时，无论向前向后都有威胁，既不想面对狼也不想面对虎，受条件限制，只能避开一种，接受其中一种，这时就出现了双避式冲突；一名大学生，既想担任学生干部使自己得到锻炼，又怕占时太多，影响学习，此时就会出现趋避式冲突。长期的动机冲突也会导致躯体形式自主神经功能紊乱。

💜 2. 从社会心理的视角看躯体形式自主神经功能紊乱的发病机制

（1）筑起防御的高墙——心理防御机制

童年时的小红时常遭到继父的虐待，还常常被同伴的嘲笑。青年时期，情窦初开的小红喜欢上了自己的表哥，但这无论如何不能被家人和社会所接受，因此她不得不将其压抑在内心。后来，小红与另一位条件不错的男士相恋、结婚并生了一个可爱的儿子，生活过得还不错。但好景不长，小红可爱的儿子在一次交通意外中丧生，小红悲痛欲绝，之后丈夫也离她而去。此后，小红开始出现失眠与心慌、胸闷、手抖、头晕、头昏等一系列症状，进行多种检查均未查出器质性病因，后来经过精神科医生会诊后，考虑诊断为"躯体形式自主神经功能紊乱"。

本例中的小红在成长过程中经历了一些非同寻常的痛苦经历以及一系列心理创伤及变形的心理冲突，这些巨大的负能量长期被压抑在潜意识中；在小孩意外离世的同时，丈夫又离她而去，其长期压抑的情感、冲突未得到及时与恰当的化解，在心理防御机制的作用下，便以繁杂的自主神经功能紊乱症状表现出来（图6）。

正如国家有自己

图6　筑起防御的高墙

的军队、警察等防御系统，我们的躯体也有类似的防御系统——免疫系统，该系统保护人体不受细菌、病毒等外物的侵扰，从而维护身体健康。同样，我们的心理层面也有自己的防御系统，一定程度上保持心理健康。但是，如果使用不恰当或者过度激发，则可能导致心理功能紊乱。

（2）哑巴吃黄连——述情障碍

述情障碍又称为"情感表达不能"或"情感难言症"，通常是指感受及表达自己情绪的能力差，不能用言语向他人描述自己的情感。由十这类患者难以区分情绪状态和躯体感觉，常在心理防御机制的影响下用躯体不适来表达情绪。它作为一种心理或人格特征普遍存在于心身疾病、神经症和各种心理障碍的患者中。

（3）过分关注自身——神经心理机制

患者将注意力指向自己的身体，精神能量投向自身，终日在体验自身的异常和变化，甚至对生理范围内的变化感受强烈，由于敏感与过度关注，常会将不适感加以放大。如心率正常的患者常常自觉心慌，并据此采取不适当的应对方式，比如反复监测脉搏，并反复到心内科、急诊科就诊。

（4）偏见和歧视——社会文化机制

我国是儒家思想的发源地，受传统文化、习俗的影响，一些人认为女性应做到"家丑不可外扬""笑不露齿"等，此种文化取向"鼓励"压抑自身的情感。女性一旦公开表达其情绪，尤其是负面情绪，常被认为是不道德的表现。这种由传统文化影响造成的情绪压抑也可能导致躯体自主神经紊乱症状的发生。

六、专业医生如是说——如何诊断躯体形式自主神经功能紊乱

1. 躯体形式自主神经功能紊乱的诊断

根据《中国精神障碍分类与诊断标准（第3版）》（CCMD-3），躯体形式自主神经功能紊乱的诊断标准如下。

（1）符合躯体形式障碍的诊断标准。

（2）至少有下列2项器官、系统（心血管、呼吸、食管和胃、胃肠道下部、泌尿生殖系统）的自主神经兴奋体征：①心悸；②出汗；③口干；④脸发烧或潮红。

（3）至少有下列1项患者主诉的症状：①胸痛或心前区不适；②呼吸困难或过度换气；③轻微用力即感过度疲劳；④吞气、呃逆、胸部或上腹部烧灼感等；⑤上腹部不适或胃内翻腾或搅拌感；⑥大便次数增加；⑦尿频或排尿困难；⑧肿胀感、膨胀感或沉重感。

（4）没有证据表明患者所忧虑的器官、系统存在结构或功能的紊乱。

（5）并非仅见于恐惧障碍或惊恐障碍发作时。

2. 如何解读躯体形式自主神经功能紊乱的诊断标准

首先，排除器质性疾病是正确诊断的第一步。任何躯体主诉的患者都需要经过全面系统的体格检查及实验室与物理检查，在没有发现可以解释症状的器质性病变基础上，再经过内科等相关科室会诊后，方可考虑该病的诊断。

其次，躯体形式自主神经功能紊乱的诊断需排除其他精神障碍。

最后，病程较长的患者与同龄人一样，会发生其他独立的躯体疾病，如果患者躯体主诉的重点和稳定性发生转化，提示可能有躯体疾病，应考虑进一步检查和会诊。

七、查查你的电路——自主神经功能检查方法

如前所述，躯体形式自主神经功能紊乱作为一类心理疾病，通常缺乏能解释其症状的相应器质性病变。为了有效地进行鉴别诊断，现将临床常见的评估方法介绍如下。

（一）自主神经功能测试

1. 卧立试验

具体操作为：平卧位计数1分钟脉搏，然后起立再计1分钟脉搏。由卧位到立位脉搏增加10～20次为交感神经兴奋性增强；由卧位到立位脉搏若减少10～20次为副交感神经兴奋性增强。

2. 皮肤血管舒缩反应

皮肤血管舒缩反应受交感和副交感神经双重支配，皮肤受刺激时，交感神经使血管收缩，皮肤变白；副交感神经使血管扩张，皮肤变红。临床上常用皮肤划痕试验检查，具体操作及判断方法：用钝头棉签在皮肤上适度加压画一条线，数秒钟后，皮肤先出现白色划痕高出皮面，为血管收缩所致，随后变红，属正常反应；如白色划痕持续较久，超过5分钟，提示交感神经兴奋性增高；如红色划痕迅速出现、持续时间较长、明显增宽甚至隆起，提示副交感神经兴奋性增高。

（二）量表评估

1. 躯体形式症状量表(SOMS-7)

临床常用该量表评估躯体形式自主神经功能紊乱的疗效，并作为跟踪随访的工具。该量表含有53项症状，

每项症状采用0～4共5级评分；0分为无，4分为非常严重，患者根据自己的实际情况进行评分即可。见附录一。

2. 症状自评量表(SCL-90)

此表对于评估该病的症状也有一定的作用。见附录二。

八、修理你的电路——躯体形式自主神经功能紊乱的治疗

再回到之前的案例：

"试试看吧！"这是陈女士以及有类似病情的患者在接受精神科治疗时普遍的态度。经历过很多并不成功的治疗，他们对医生及自己的病情改善通常并不抱太大的希望。然而，敢于就诊并愿意尝试相应的治疗，就意味着病情改善的开始。

心理医生耐心倾听陈女士的诉述，并详细了解她的相关情况，查看了之前的检查及治疗记录，最后明确诊断为"躯体形式自主神经功能紊乱"。在给予足量足疗程抗抑郁及抗焦虑药物治疗的同时，配合系统的心理治疗。同时，陈女士也接受了针灸等辅助治疗。在持续治疗3个月后，陈女士怕冷的情况有所好转，所穿的衣服数量逐渐减少，每天换衣服的次数也逐渐减少。上述收

效极大促进了陈女士积极参与治疗的态度。治疗持续了半年左右，陈女士的病情得到了显著缓解。后在医生的鼓励与支持下，陈女士已经返回工作岗位。

正所谓"心病还需心药医"，接受系统规范的精神科治疗才是病情改善的开始。躯体形式自主神经功能紊乱的治疗目前尚缺乏高等级的循证医学治疗推荐意见。临床上多采用综合治疗方法，包括药物治疗、心理治疗和物理治疗等。

（一）药物治疗

药物治疗是改善躯体形式自主神经功能紊乱的重要手段，临床常用的主要有以下三类药物。

1. 抗焦虑药

对于有明显的紧张、焦虑情绪的患者可适当给予小剂量抗焦虑药，如阿普唑仑、劳拉西泮、氯硝西泮等，但这些药物均具有一定的镇静作用，白天服用会有疲乏感，对于老年人甚至会增加摔倒的风险。此外，众所周知的药物依赖与成瘾风险也需要考虑。因此，一定要遵医嘱服药，忌随意自行调整药物。

2. 抗抑郁药

常用的有氟西汀、舍曲林、帕罗西汀、西酞普兰、

文拉法辛、度洛西汀等。此类药物抗抑郁作用突出，抗焦虑效果肯定，能够缓解躯体形式自主神经功能紊乱的多种症状。需注意：初次服药有恶心等消化道反应的患者，建议减量、餐后服用以减轻胃肠道不适；部分药物镇静作用弱，不宜晚上服用；有少部分患者服药后可能会出现性功能障碍，以男性射精延迟最常见。出现不良反应应及时与医生沟通，调整药物可以有效避免症状进一步加重。

3. 其他对症处理药物

针对特定的躯体症状，可短期配合使用相应的药物，如心慌明显时可以服用减慢心率的药物，以腹泻为主要表现时可以用止泻药，呕吐明显时可以用止呕药等。需要注意的是，这些药物仅适合短期使用，不宜久服。

（二）心理治疗

心理治疗也是该病重要的治疗方法，主要包括支持性心理治疗、精神分析治疗、认知行为治疗等。

1. 支持性心理治疗

它是指采用劝导、启发、鼓励、支持、说服等方法，帮助患者挖掘其潜力，提高克服困难、应对各种生活事件的能力，从而促进心身康复。鼓励患者适时用语言表达其情绪，从而减轻躯体不适症状。

2. 精神分析治疗

针对患者存在的不良性格特征，如前面提到的孤僻内向、焦虑不安、情绪不稳定等，通过精神分析的方法处理其成长过程中压抑在潜意识中的某些心理冲突，如童年期受虐待、心理创伤、得不到满足的需要等。以便患者清楚地认识自己，使其人格得以成长、修饰，这种治疗方法往往耗时较长。

3. 认知行为治疗

该治疗的基本假设认为，人对某件事物的情绪行为反应不在于事件本身，而在于人对事件的认知评价。当面对某个情景时，头脑中会自动地、习惯性地做出某些推断，称为自动化思维。比如某天早上，我们在办公室门口跟领导打招呼，未得到积极的回应，有人会下意识地认为"领导不喜欢我，所以不理我"，但或许更加客观的认识是"领导没听到，所以没理我"。前者所体现的自动化思维就属于不合理的信念。

对于躯体形式自主神经功能紊乱，患者坚持将症状归咎于某一特定的器官或系统，出现心慌，就自动化地认定是心脏的问题，即使经过反复的心血管评估确定无器质性心脏病变，仍不能打消患者疑虑，这种信念属于不合理的信念。这就需要我们去识别行为背后的不合理信念，通过系统分析，代之以理性的信念就是认知行为治疗的核心原理。正如前面提到的例子，灯泡不亮了，就一定是灯泡的问题吗？也许是线路出了故障。

通过图7，我们将形象地展示陈女士对于怕冷、出汗的认知模式图，了解如何通过识别自动化思维等负性认知来解决患者负性认知的。

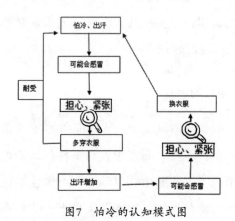

图7　怕冷的认知模式图

患者在感到冷和出汗时，会直接关联"我会感冒"的认知，即所谓的自动化思维。找出这种不合理的自动化思维，对它进行分析，可通过产婆术式辩论明确其负性认知，然后用理性的思维（怕冷也不一定会感冒，即使感冒也没什么大不了）代替它。在这种认知模式下，由怕冷、出汗引起的紧张、焦虑情绪也就大大减轻。

行为治疗通常与认知治疗配合使用。当患者出现怕冷，想要加衣服或换衣服的时候，要限制其增加及更换衣服的次数和数量，并逐渐递减限制的次数和数量，最终达到不用增加或更换衣物也能适应环境的程度。

（三）其他治疗方法

1. 生物反馈技术

生物反馈又称自主神经学习法，是在行为疗法的基础上发展起来的一种新型心理治疗技术。该技术借助仪器将人体内各器官、各系统心理、生理过程的许多不能察觉的信息，如肌电、皮肤电、皮肤温度、心率、血压和脑电等加以记录、放大并转换成能理解的信息，用听觉或视觉的信号在仪表盘上不断地显示出来（即信息反馈），训练人对这些信号活动变化的认识和体验，学会有意识地控制自身的心理、生理活动，以达到调整机体功能和防病治病的目的。如以心慌为主要表现的患者，可以在屏幕上直观地看到自己的心跳情况，可以通过放松、深呼吸等控制自己的心跳，反复训练后，脱离生物反馈仪也能有意识地控制自己的心跳。所以，生物反馈不仅起到了调整"自我认识"的作用，而且也成为"自我改造"的工具，对躯体形式自主神经功能紊乱患者的自主神经兴奋症状尤为适用。

2. 渐进式放松

该方法与生物反馈治疗具有异曲同工之处，其治疗

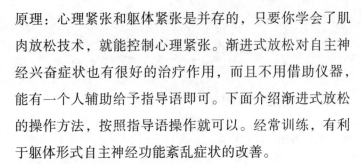

原理：心理紧张和躯体紧张是并存的，只要你学会了肌肉放松技术，就能控制心理紧张。渐进式放松对自主神经兴奋症状也有很好的治疗作用，而且不用借助仪器，能有一个人辅助给予指导语即可。下面介绍渐进式放松的操作方法，按照指导语操作就可以。经常训练，有利于躯体形式自主神经功能紊乱症状的改善。

活动的基本动作：①紧张你的肌肉，注意这种紧张的感觉；②保持这种紧张感10秒，然后放松5～10秒；③体验放松时肌肉的感觉。

本讲小结

躯体形式自主神经功能紊乱是躯体形式障碍的一个亚型，与其他亚型一样，其病因与发病机制尚未明确，目前认为与生物、心理及社会因素有关。该症主要表现为受自主神经支配的器官、系统（如心血管、消化系统、泌尿系统及呼吸系统等）功能异常，另有一些非特异性的症状，如部位不定的疼痛、烧灼感、肿胀感、沉重感等。对于这些不适，经过反复医学检查不能发现明显异常。患者常坚信是躯体问题，反复就医，常伴有抑郁、焦虑、睡眠障碍等表现。该症的发生通常与某些负性生活事件和患者的不良性格特征有关。无论患者本人，还是非专科医师，目前对该症的识别率均不高，导致了多数患者往返于神经内科、心血管内科、消化科等，并进行反复检查与反复治疗，造成了医疗资源的巨大浪费和患者病情的延误。临床上该症的治疗以药物治疗和心理治疗为主，亦可配合其他辅助治疗方法。值得欣慰的是，经过正规而系统的治疗，大多数患者均能取得满意的临床疗效。

小贴士

渐进式放松训练方法

以下是治疗师指导患者进行放松训练的具体做法。

我现在来教你怎样使自己放松。为了做到这一点，我将让你先紧张，然后放松全身肌肉。紧张及放松的意义在于使你体验到放松的感觉，从而学会如何保持松弛的感觉。

下面我将使你全身肌肉逐渐紧张和放松，从手部开始，依次是上肢、肩部、头部、颈部、胸部、腹部、下肢，直到双脚，依次对各组肌群进行先紧后松的练习，最后达到全身放松的目的。

第一步：

深吸一口气，保持一会儿。（停10秒）

好，请慢慢地把气呼出来，慢慢地把气呼出来。（停5秒）

现在我们再做一次。请你深深吸进一口气，保持一会儿，再保持一会儿。（停10秒）

第二步（前臂）：

现在，请伸出你的前臂，握紧拳头，用力握紧，体验你手上的感觉。（停10秒）

好，请放松，尽力放松双手，体验放松后的感觉。你可能感到沉重、轻松、温暖，这些都是放松的感觉，请你体验这种感觉。（停5秒）

我们现在再做一次。（同上）

第三步（双臂）：

现在弯曲你的双臂，用力绷紧双臂的肌肉，保持一会儿，体验双臂肌肉紧张的感觉。（停10秒）

好，现在放松，彻底放松你的双臂，体验放松后的感觉。（停5秒）

我们现在再做一次。（同上）

第四步（双脚）：

现在，开始练习如何放松双脚。（停5秒）

好，紧张你的双脚，脚趾用力绷紧，用力绷紧，保持一会儿。（停10秒）

好，放松，彻底放松你的双脚。

我们现在再做一次。（同上）

第五步（小腿）：

现在开始放松小腿部肌肉。（停5秒）

请将脚尖用力向上翘，脚跟向下向后紧压，绷紧小腿部肌肉，保持一会儿，保持一会儿。（停10秒）

好，放松，彻底放松。（停5秒）

我们现在再做一次。（同上）

第六步（大腿）：

现在开始放松大腿部肌肉。

请将脚跟向前向下紧压，绷紧大腿肌肉，保持一会儿，保持一会儿（停10秒）

好，放松，彻底放松。（停5秒）

我们现在再做一次。（同上）

第七步（头部）：

现在开始注意头部肌肉。

请皱紧额部的肌肉，皱紧，保持一会儿，保持一会儿。（停10秒）

好，放松，彻底放松。（停5秒）

现在，请紧闭双眼，用力紧闭，保持一会儿，保持一会儿。（停10秒）

好，放松，彻底放松。（停5秒）

现在，转动你的眼球，从上，到左，到下，到右，加快速度；好，现在从相反方向转动你的眼球，加快速度；好，停下来，放松，彻底放松。（停10秒）

现在，咬紧你的牙齿，用力咬紧，保持一会儿，保持一会儿。（停10秒）

好，放松，彻底放松。（停5秒）

现在，用舌头使劲顶住上腭，保持一会儿，保持一会儿。（停10秒）

好，放松，彻底放松。（停5秒）

现在，请用力将头向后压，用力，保持一会儿，保持一会儿。（停10秒）

好，放松，彻底放松。（停5秒）

现在，收紧你的下巴，用力向内收紧，保持一会儿，保持一会儿。（停10秒）

好，放松，彻底放松。（停5秒）

我们现在再做一次。（同上）

第八步：

现在，请注意躯干部肌肉。（停5秒）

好，请往后扩展你的双肩，用力往后扩展，保持一会儿，保持一会儿。（停10秒）

好，放松，彻底放松。（停5秒）

我们现在再做一次。（同上）

第九步：

现在上提你的双肩，尽可能使双肩接近你的耳垂，用力上提，保持一会儿，保持一会儿。（停10秒）

好，放松，彻底放松。（停5秒）

我们现在再做一次。（同上）

第十步：

现在向内收紧你的双肩，用力内收，保持一会儿，保持一会儿。（停10秒）

好，放松，彻底放松。（停5秒）

我们现在再做一次。（同上）

第十一步：

现在，请向上抬起你的双腿（先左后右或是先右后左均可），用力上抬，弯曲你的腰，用力弯曲，保持一会儿，保持一会儿。（停10秒）

好，放松，彻底放松。（停5秒）

我们现在再做一次。（同上）

第十二步：

现在，请紧张臀部的肌肉，会阴部用力上提，用力，保持一会儿，保持一会儿。（停10秒）

好，放松，彻底放松。（停5秒）

我们现在再做一次。（同上）

结束语：

这就是整个渐进性肌肉放松训练过程。现在，请感受你身上的肌群，从下向上，全身每一组肌肉都处于放松状态。（停10秒）

请进一步注意放松后的感觉，此时你有一种温暖、愉快、舒适的感觉，并将这种感觉尽量保持1～2分钟。（停1分钟）

案例扩展

他缘何频繁小便？

林先生，33岁，老实憨厚，未婚。人长得清秀，虽然只有小学文化，但通情达理，为人客气。有人给他介绍女朋友，均被他以各种理由回绝了。原因是，几年来他有个难以启齿的困惑——每天频繁地上厕所小便，详情还要从6年前说起。

当时他在外地打工，莫名出现尿频、尿急，反复上厕所，几乎每隔半小时就要去一次，夜晚尤甚，每晚解小便超过10次，每次尿量不多。为此，睡眠质量变差，自认为是肾脏问题，曾去泌尿科就诊，做了尿常规、肾功能、泌尿系统彩超以及尿细菌培养等一系列相关检查，均未见异常。医生还是按尿道炎症给予了消炎药物，服药一段时间后，毫无成效。逐渐地，出现了性功能减退，阴茎勃起困难，并时常感觉阴囊处潮湿，甚至周身酸楚不适，难以指出具体部位，同时伴有紧张、心慌等。因担心有其他疾病，又先后到心血管科、神经内科与内分泌科等求治，进一步做了相关检查（如心电图、心脏彩超，甲状腺功能、性激素等），结果仍无阳性发现。也曾求助于中医，按肾虚予服中药，症状仍未见好转。

就这样在反复求医中度过了4年，花费了大量的时间和金钱。他心灰意冷，偶尔甚至消极悲观。虽然还能坚持工作，但精力明显不足，工作效率下降。几经辗转，经人介绍，半信半疑地来到心理科就诊。心理医生详细询问了他的情况，仔细阅读了既往的就医病历与检查结果，给出诊断"躯体形式自主神经功能紊乱"，并给予相应的药物，同时建议他配合心理治疗及物理治疗。1个月后，病情有了好转。经过近3个月的心理治疗和半年的药物治疗，林先生的病情基本痊愈，又回到了正常的工作与生活轨道上。

案例评析：

该案例患者主要表现为尿频、尿急，但进行了相关的医学检查却没有发现相应的器质性病变。患者为此感到非常痛苦，反复就医，重复检查，做过很多非专科治疗，疗效却不佳，属于典型的"躯体形式自主神经功能紊乱"。经过心理科给予相应的系统治疗后，病情逐渐好转，最后获的临床痊愈。事实上，临床上有许多类似的患者，他们有共同的特点：第一，反复表现为某种躯体自主神经兴奋的症状，如尿频、尿急、心慌、胸闷、恶心、呕吐与腹胀、腹泻等，不同的个体表现形式不同；第二：经过反复就诊、检查，却找不到明确的病因；第三：常伴有抑郁、焦虑、失眠等表现；第四：症状往往与生活事件及性格特点相关。正如前文中所述，"这类患者的表现类似于灯泡不亮了，但问题不在灯泡，而是由于电路出了问题"。应此，寻求专科医师的治疗与帮助，是取得疗效的关键。

第三讲

痛不欲生，苦不堪言

—— 持续性躯体形式
疼痛障碍的解读

持续性躯体形式疼痛障碍是一种不能用生理过程或躯体障碍予以合理解释的持续、严重疼痛。患者主观痛苦，但经反复医学检查并未发现解释其主诉的躯体疾病。本病通常与患者的人格特征、行为模式、情绪冲突等有关。多数患者伴有抑郁、焦虑、心烦与失眠，且与躯体疼痛症状互为因果，形成恶性循环。患者常倾向反复就医、重复检查，部分患者的疼痛久治不愈。患者不仅忍受生理上的巨大病痛折磨，还要忍受疼痛给生活带来的不便，也由此带来一系列反应性心理不适。持续性躯体形式疼痛障碍患者还会由于不能正常与人交流而变得自闭、孤僻，也有患者因此而轻生。

临床上，对于不明原因的疼痛，在充分重视生物学因素的基础上，完善各项检查评估，如无阳性发现，则需要考虑影响疾病发生的社会和心理因素。持续性躯体形式疼痛障碍是表现为躯体疼痛不适，本质上却是精神问题的典型疾病。

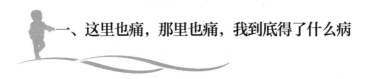

一、这里也痛，那里也痛，我到底得了什么病

请看下面的案例。

花季少女总是腹痛为哪般

某天，一群官兵突然来到了心理诊室，要求医生对

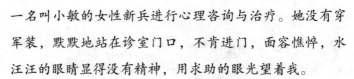

一名叫小敏的女性新兵进行心理咨询与治疗。她没有穿军装，默默地站在诊室门口，不肯进门，面容憔悴，水汪汪的眼睛显得没有精神，用求助的眼光望着我。

小敏的领导反映了如下情况：小敏今年21岁，大专学历，学习舞蹈学专业。于2012年11月底入伍，列兵。主要表现是反复呕吐、剧烈腹痛半年多，多次前往多家医院治疗都无好转，经一位神经内科专家建议来心理科就诊。

在生活中不乏类似小敏病情的这么一群人，他们年龄多在30～50岁，女性居多，常常经历各式各样的疼痛，如头痛、腰痛、腹痛或者浑身酸痛。由于疼痛的折磨，他们反复就医，去内科、外科、皮肤科，甚至妇产科等临床科室进行检查，得到的答复往往是身体没有问题。虽然吃了很多药，但病情始终不见好转，这令他们苦不堪言。他们对疼痛的描述非常生动，严重时疼痛占据了他们生活的大部分，导致他们不能正常上班，不能正常交往。为了减轻疼痛，有的人甚至服用过大量的止痛药。但医生说他们"没病"，他们真的没病吗？

事实上，这种不明原因的疼痛称为持续性躯体形式疼痛障碍(PSPD)（图8）。它是精神科常见的一种疾病，属于躯体形式障碍的一个亚型。情绪冲突或心理社会问题直接导致了疼痛的发生。该病病程迁延，常持续6个月以上，严重影响患者的日常工作、学习与生活。

图8 持续性躯体形式疼痛障碍

该病的核心表现是不同性质的疼痛，常见的疼痛是头痛、非典型的面部痛、腰背疼痛和慢性盆腔痛。疼痛可发生在身体表面，也可位于深部组织或内脏器官。

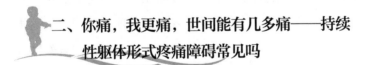

二、你痛，我更痛，世间能有几多痛——持续性躯体形式疼痛障碍常见吗

继续之前的案例。

经了解后得知，小敏是家里的独生女，父母都是企业员工，家境殷实。小学和初中时，学习成绩较好。上高中后，成绩不断下滑，只考上了一所大专，学习舞蹈学专业。大专毕业半年后参军，新兵训练的第一个月表

现比较积极。在一次帮厨时感觉身体不适，头晕、呕吐，并伴随剧烈腹痛，当晚即被送进医院。经检查并无大碍，在医院留观一周后归队并继续训练。但不久便开始吃什么吐什么，腹痛剧烈，春节前夕被送往上一级医院，做了头部CT、腹部CT与彩超等很多检查。住院期间由部队派人陪护，并未通知小敏的家人。下连前三天归队，分到所属连队之后，不能进行正常训练，经常腹痛，有时疼痛会持续一整天。也曾前往军区总院、省各大医院神经内科、消化内科、康复科等检查多次，都未发现器质性病变。期间，有专家曾考虑与心理因素有关，并安排了两次心理咨询，但收效甚微。现在小敏整日卧床，无法参加正常的训练及业务学习。一日三餐均由战友从食堂打饭带回，呕吐的秽物也是他人帮忙清理。

临床上，像小敏这样的患者并非个案。对于很多人来说，持续性躯体形式疼痛障碍是个很陌生的疾病，甚至综合科的很多医生也并不熟悉。实质上，持续性躯体形式疼痛障碍在精神科临床并不少见。让我们看看以下数据：在德国，10000个人中有170个人患有这种疾病！在丹麦，10000个人中有150个人患有这种疾病！在澳大利亚，10000个人中有140个人患有这种疾病！

中国的情况如何呢？据调查，在中国，10000个人中大约有62个人忍受着这种病的折磨。这个数字与国外相比差距很大，分析其原因，可能与采用的诊断标准和统计方法不同有关，也侧面反映了国内对该病的认识不足。

三、明明白白我的痛——到底什么原因导致了 疼痛

让我们继续小敏的案例。

虽然小敏情绪较差，声音微弱，但谈吐还是比较有条理。随着咨询次数的增加，小敏开始吐露心声。原来，她的疼痛始于到部队后"吃牛肉"。她慢慢倒出了事情发生的原委："新兵集训时，我最反感的事情就是班长强迫我们吃半生的牛肉，班长说不吃肉我们会没有力气训练，可我从小到大最讨厌吃半生的牛肉了，每次吃半生的牛肉时都很恶心。不过最后出于无奈，还是吃了，为这我体重增加了二十多斤。从我生病到现在已经大半年了，每次发病，都会感觉到腹部绞痛，有时胀痛，有时又像针扎样痛。每次发病，就把我送到军区医院，始终没查出确切的病因。我也上网查过，觉得我的症状很像是不完全性肠梗阻，但医生们都否认。我想回家好好养病，可是又得遵守部队的规定。我父母由于工作原因只能轮流到部队看望我，他们每次来我都很内疚，觉得自己都长这么大了，还得让父母操心，可是我又做不了什么。"

到底是什么原因使小敏腹部如此疼痛，咨询了数个科室的专家，吃了多种相关的药物，却始终没有收效。而最令人困惑的是，就连很多科室的资深专家也无法说清楚疼痛的具体原因。

其实，该病的患者是因情绪问题或社会心理问题直接导致了疼痛的发生，从情绪冲突或社会心理问题如何发展至疼痛，尚无确切的理论支持。目前关于慢性疼痛的发展主要有以下几方面可能的原因。

1. 疼痛也有家——产生并传导疼痛的神经系统发生了故障

尽管目前尚未发现持续性躯体形式疼痛障碍的病变部位与确切发生机制，但按照唯物主义观点，并对照人体的解剖与组织学功能，推测应该是体内的神经系统出现了障碍。

（1）中枢神经系统对疼痛的定位及性质的表达出现了障碍，可形象地理解为"发动机坏了"。

（2）疼痛的神经传导途径出现了障碍，可形象地理解为"电线坏了"。

2. 身痛还是心痛——心理因素常作为疼痛的导火索

心理学研究显示，父母反复给予身体的惩罚会导致数年后患者自愿承担错误行为。在这种模式中，疼痛障碍可能是对错误行为的一种弥补。

持续性躯体形式疼痛障碍患者童年期多有性虐待或者遭受暴力性的创伤事件，部分患者能模糊地意识到早年生活事件与当前疼痛之间的关系；另一些患者则将相关的早期疼痛体验潜藏于内心深处，偶尔在梦中或者心理测验时才会表达出来。

目前尚没有心理测验能够精确地评估某个疼痛综合征，但可通过对因强烈疼痛而导致的不良情感体验和态度信念进行测量，从而间接地反映疼痛的程度。

3. 痛上加痛——人际关系不良也会促使疼痛发生

人际关系，特别是与生命中重要人物（如父母、子女、夫妻、兄弟姐妹等）的亲密关系好坏明显影响个人的疼痛体验。人际关系不良的人群，包括不安全依恋关系、疏离型依恋关系等，更容易受到慢性疼痛的困扰，这可能与他们在成长过程中没有学会向亲密的人表达自身的要求和情绪，进而不得不对负性情绪进行过多的压抑有关。

4. 疼痛会带来"好处"——疼痛的补偿机制（"糖果"理论）

从心理学上讲，疼痛的持续存在，承受痛苦和痛苦的表情可以招致他人注意，引起别人的同情，甚至可从中获得益处(如经济补偿、配偶的关注、逃避工作、逃避责任等)。当产生继发性获益时，疼痛的行为会被强化，如此反复联系，最终导致了疼痛的持续存在。

♥ 5. 疼痛也会有差异——种族或文化因素会影响疼痛体验

同样性质的损伤在不同文化背景的患者身上，会表现为不同的疼痛体验和强度，因为态度、信仰、情感及心理状态在不同个体身上有明显的差异。比如，内敛型与中庸的人不太会公开表达自己的情绪，对疼痛的描述偏轻；而外向型或平时受到过分保护的人，面临同样的伤害也会夸大其词。

儒家思想在中国人的文化观念中根深蒂固，人面临挫折时常习惯于表达"退一步海阔天空""以和为贵"等思想，因而，中国人更习惯于压抑自己的情感和需求，羞于表达。而通过躯体疼痛的方式传递出来的情感信号，既可掩盖真实的内心世界，又可引起他人的积极关注。

四、我的痛，你不懂——持续性躯体形式疼痛障碍有哪些表现

持续性躯体形式疼痛障碍的主要特征是患者以疼痛为核心症状，表现为身体不同部位的持久性疼痛，但医学检查不能发现能解释疼痛的器质性病变，而且疼

痛不能因注意力分散而转移。疼痛部位多不固定，性质不一（表3）。

表3　持续性躯体形式疼痛障碍的疼痛部位与特点

类型	发生部位	性质特点
紧张性头痛	双侧颞部与枕部 头皮肌肉	80%的人都会有紧张性头痛，其发病率明显高于偏头痛 稳定性疼痛 日常活动不会加剧头痛
慢性脊背疼痛	背部 脊柱	多出现在社会地位低、文化程度低的家庭里，尤其是移民 这部分人在社会上感到孤独，被排斥，无法合理处理自己不好的情绪 具有自恋性格特征
肌筋膜疼痛综合征	颈部 肩部 腰部	多有急性软组织创伤史 长期固定姿势工作 劳动强度较大
纤维性疼痛	腰部上下	女性多见 容易出现疲劳、睡眠不好、情绪差
慢性盆腔疼痛	盆腔 子宫	常有子宫内膜异位、慢性盆腔炎等疾病基础 疼痛的程度与身体的异常不成比例（过分夸大自己的疼痛）

五、你的痛，我明白——如何诊断持续性躯体形式疼痛障碍

　　心理医生详细评估了小敏的病情，并在参考外院检查结果的基础上，初步诊断她患有"持续性躯体形式疼

痛障碍"，结合其病情，分析如下。

　　小敏是刚入伍的新兵，从大学生到军人这一角色转换不到位。新兵集训期间"吃半生牛肉"事件给小敏带来了一定程度的心理阴影，对此事的不满成为了她潜意识冲突的根源。在生病期间，不仅不用参加集训，还能得到大家的悉心照料，这一可能的"获益"机制又进一步加强并固化了她的"患者角色"，使她遭受的疼痛经久难治。

（一）持续性躯体形式疼痛障碍的诊断

　　根据CCMD3，持续性躯体形式疼痛障碍的诊断标准如下。

　　［症状标准］

　　（1）符合躯体形式障碍的诊断标准。

　　（2）持续、严重的疼痛，不能用生理过程或躯体疾病做出合理的解释。

　　（3）情感冲突或心理社会问题直接导致疼痛的发生。

　　（4）经检查未发现与主诉相应的躯体病变。

　　［严重程度标准］

　　社会功能受损或因难以摆脱的精神痛苦而主动求治。

　　［病程标准］

　　符合症状标准至少6个月。

[排除标准]

（1）排除检查出的相关躯体疾病与疼痛。

（2）排除精神分裂症或相关障碍、心境障碍、躯体化障碍、未分化的躯体化障碍、疑病症。

（二）如何解读这个诊断标准

与之前讲述的几类躯体形式障碍一样，诊断持续性躯体形式疼痛障碍的前提，一定要排除躯体上的器质性疾病。经过充分而详细的实验室检查与物理检查，均未发现相应的器质性病因，且病程持续至少6个月，方可做出该诊断。

六、你的痛，我来帮——如何治疗持续性躯体形式疼痛障碍

继续前述的案例。

听了心理医生对自己所患疾病的解释，小敏下意识地点了点头。她接受了"持续性躯体形式疼痛障碍"这一诊断，并同意进行相关药物治疗，同时配合心理治疗。

一个半月后，小敏的状况有了明显改观，腹痛次数

显著减少，疼痛程度也明显减轻，能进食堂吃饭，不再呕吐，还很自信地告诉心理医生等过完年就开始复习，争取能考上军校。

由于持续的疼痛，很多持续性躯体形式疼痛障碍患者会自行服用镇痛药来减轻疼痛。然而事与愿违，镇痛药物对于大多数慢性非器质性疼痛并无镇痛作用。而且，由于慢性疼痛患者长期服用镇痛药物，药物滥用和依赖问题又成了一个新的焦点。因此，一旦确诊持续性躯体形式疼痛障碍，即应采取正规的专科治疗，主要的治疗手段包括药物治疗、心理治疗、针刺和新型心理治疗方法——生物反馈疗法等。

（一）药物治疗

目前治疗持续性躯体形式疼痛障碍的药物主要有以下几大类。

1. 镇静安眠药

主要包括阿普唑仑、劳拉西泮、艾司唑仑、氯硝西泮等。为什么要用镇静安眠药呢？因为持续性躯体形式疼痛障碍患者不仅要忍受疼痛折磨，而且因为疾病久治不愈，常出现焦虑、失眠、肌肉紧张等症状。镇静安眠药可以起到缓解紧张情绪、改善睡眠、松弛肌肉的作用。

2．抗抑郁药

主要包括氟西汀、帕罗西汀、舍曲林、氟伏沙明、西酞普兰、度洛西汀与文拉法辛等。三环类抗抑郁药也有肯定的疗效，但因其抗胆碱能不良反应较为突出，目前已较少使用。

为什么要用抗抑郁药呢？持续性躯体形式疼痛障碍患者最常见的表现是疼痛，抗抑郁药可以通过刺激抑制疼痛传导通路来发挥独立的、直接的镇痛作用，而且通过抗抑郁药可以改善低落情绪，缓解焦虑、紧张。

3．抗惊厥药

主要包括卡马西平、苯妥英钠。抗惊厥药疗效肯定，但其镇痛作用的机制至今尚不明确。

（二）心理治疗

心理治疗又称精神治疗，是应用心理学的原则和方法，治疗患者的心理、情绪、认识能力、行为等有关问题。心理治疗的目的在于帮助患者寻找导致疾病的心理因素，并引导患者学会解决心理冲突。一旦心理冲突得到缓解，患者的不舒服就会很快消失。心理治疗是治疗持续性躯体形式疼痛障碍最行之有效的方法。

针对此病的心理治疗主要包括支持性心理治疗、认

知行为治疗、系统性家庭治疗等。

1. 支持性心理治疗

通过心理治疗师和患者之间建立良好的治疗关系，积极地利用治疗师的权威、知识和关心，支持患者，使患者能够发挥自身潜力来处理问题，直面疼痛，树立战胜疼痛的信心。

2. 认知行为治疗

这种心理治疗方法可以纠正患者对疼痛的歪曲认识，转移其对疼痛部位的过分关注。例如，每次疼痛出现时，诸如"我快不行啦""我要痛死了"等念头就会浮现在脑海中，其头脑中的假设是"我的疼痛一直没有缓解，一定是不治之症，我可能会死掉"。这种自动式的思想包括了下面两种歪曲的认识：一是过分夸大，一是任意推断。因此患者反复要求就医，极度恐惧，严重影响了正常的社会功能，生活质量明显下降。而认知行为治疗的目的是帮助患者逐渐澄清其思维中存在的逻辑性错误，并促使其产生认识上的改变。

3. 系统性家庭治疗

患者表现出来的心理及行为异常与其家庭内部的人际系统有关，因此系统性家庭治疗的焦点是改变及调整家庭成员之间的人际关系。心理治疗师通过与家庭成员会谈，与家庭成员一起理清患者每次疼痛发生的时间、地点及场景，从而澄清维持患者疼痛表现的人际关系。比如患者的疼痛在哪些家庭成员在场时出现的次数多，哪些成员在场时出现的最少；哪些家庭成员对患者的疼痛表现更加关心；每个家庭成员对患者疼痛的看法及期待等，这些有助于拓展与患者疼痛有关的家庭人际关系（图9）。

图9　系统性家庭治疗

心理治疗师会帮助家庭成员共同寻找可以消除和减轻患者疼痛的资源，比如来自朋友、亲戚、社区的支持，探讨患者及其家庭成员自身的优点等，这样可以增加患者和家庭成员战胜疼痛的信心和能力。

（三）针刺疗法

研究显示，慢性疼痛患者体内的内啡肽缺乏，而针刺疗法可以提高体内的内啡肽水平，从而起到缓解疼痛的作用。

（四）生物反馈疗法

该治疗方法需在专业人员的指导下进行。具体治疗原理详见图10。

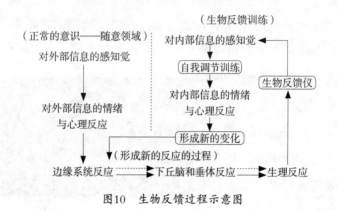

图10 生物反馈过程示意图

缓解疼痛的小窍门

1. **注意力转移**

此方法是通过在直接接触的环境中,把注意力集中于无痛性刺激,从而减少对不适感觉的注意。该法对轻、中度急性疼痛效果最好,如果能够全神贯注于某个活动,如看一场电影或读一本书,则可缓解中度的持续疼痛。

2. **松弛与想象**

这种方法是通过在脑中假想出一些与疼痛无关的画面,从而减少对不适感觉的注意。它与注意力转移法在很多方面相似,主要区别在于想象是基于患者的想象力而非环境中客观存在的客体或事件,因此在患者需要的时候就可以利用，无须依赖环境。想象对于缓解轻、中度疼痛效果较好。

3. 认知矫正——重新定义疼痛

患者应用关于疼痛体验想象出来的或者实际存在的想法来取代受到威胁或伤害的念头，通过各种方法来重新定义疼痛体验。这对严重疼痛患者很有效。

4. 视觉模拟测试

在一条长10厘米的直线上，两端分别标记为"无疼痛"和"你能想象的最严重的疼痛"，评分为0～100分，根据自己的疼痛在直线上做一竖标记，每天做一次标记，会帮助患者更好地认识疼痛的程度（图11）。

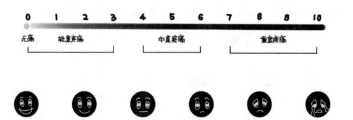

图11　视觉模拟测试

七、疼痛何时休——药物治疗的原则

由于持续性躯体形式疼痛障碍的病程特点，无论选

取何种药物治疗，都难以立竿见影，在用药过程中，需遵循以下原则。

❤ 1. 急性期，需要信心

该病的治疗宜首选抗抑郁剂，而这类药物的起效时间通常为1~2周，因此要对治疗抱有信心，切不可操之过急。有时，为缓解急性期的烦躁不安等症状，可酌情联用镇静催眠药，以增强患者对药物治疗的信赖。

❤ 2. 巩固期，需要细心

当服药疼痛症状明显减轻甚至消失后，还需要进行4~6个月的巩固治疗，以防止症状反弹，促进社会功能恢复。此时可逐渐减停用镇静催眠药，减药期间需严密观察，如有病情波动，应及时进行调整。

❤ 3. 维持期，需要恒心

持续性躯体形式疼痛障碍缓解后，仍需药物维持治疗，主要目标是预防复发，使患者能够更好地恢复工作和学习。此阶段，需根据病情酌情减少药量，尽量维持在最低有效剂量。

八、悲痛交织——抑郁和疼痛的关系

1. 因抑郁而疼痛

抑郁障碍患者，除了情绪低落等典型症状外，还存在某些非典型的表现，如感觉头皮发紧、颈背部僵硬、肌肉紧张酸痛、腹胀痛等，需与持续性躯体形式疼痛障碍严格区分。

2. 因疼痛而抑郁

持续性躯体形式疼痛障碍患者的核心表现为各种反复持续的疼痛，因反复医学检查均未能发现疼痛相关部位的器质性病变，患者常为此而苦恼，甚至会引发抑郁症状，需加以鉴别，并警惕抑郁可能引发的后果。

3. 一条通道，双管齐下

抑郁障碍和持续性躯体形式疼痛障碍是相互影响、相互叠加的，二者均与大脑中的某些特定脑区（如杏仁核、前额叶皮质、扣带回等）功能有关。因此，在治疗选药时，需充分考虑药物对二者的疗效。

九、病在你身，痛在我心——持续性躯体形式疼痛障碍患者家属如何助力

因该病常缠绵难愈，反复无休止的疼痛不仅给患者带来了巨大的痛苦，同时也严重影响患者的个人生活，部分患者的家庭关系也因此受到影响。因此，作为患者的家属，应该做到以下几点。

1. 支持、理解与关心

因该病系慢性病程，治疗时间相对较长，家属的支持、理解与关心对于增强患者的治疗信心十分重要，也可明显增加患者对治疗的依从性，保证治疗的顺利进行。

2. 监督服药

坚持服药是保证疗效的重要前提。限于患者对该病的认识以及该病临床表现的多元性与复杂性，很多患者的服药依从性较差，且尤以初始治疗时较为明显。因此，需要家属适时监督，以保证药物发挥稳定的疗效。

3. 与医生建立治疗联盟

病情稍重或表达能力欠佳的患者，建议家属陪同就诊，以便及时向医生反馈患者的病情与治疗反应，积极与医生建立治疗同盟，从而为医生及时调整治疗方案提供线索，有利于康复。

本讲小结

前面对持续性躯体形式疼痛障碍的病因、主要表现以及诊断、治疗等方面做了详细的介绍。目前对于持续性躯体形式疼痛障碍的认识仍较为局限，其确切的发病原因也并不清楚。而且，在患者就诊过程中，易受不同医生对该病的观点和理念所影响；不同的患者对治疗方法的选择与配合程度以及对药物的反应等方面都会有所不同。因此，当前主张治疗个体化，需根据个体的性格特征、家庭环境、社会支持以及对药物的敏感性等方面制订不同的治疗方案。

案例扩展

疼痛没完没了，生活永无宁日

M女士，50岁，银行中层干部，丈夫在政府部门工作，子女都在外地上班，原本生活上并无压力，但持续近两年的周身疼痛却令她痛苦万分，不堪回首。

2013年年初，M女士被提拔为单位的中层领导，工作日渐忙碌，肩上的担子变得愈发沉重。她经常加班加点，有时还要外出应酬，深夜才能回到家中，跟家人相处的时间自然较以往少了很多。M女士花了很长时间来适应这种紧张而又忙碌的节奏。后来M女士开始感到头顶、后脑勺发胀，脖子发酸，有时在公园散步时冷风一吹就感觉头痛，像针扎样痛，有时疼痛持续一个多小时，说不出的难受。M女士以为是工作压力太大、疲劳所致，刚开始的时候没怎么在意，只是吃了一些止痛药、头痛散，谁料想吃药之后，头痛、脖子痛的表现非但没有减轻，反而加重了，有时每天的疼痛时间可达几个小时。M女士开始有点担心身体出了问题，就去当地医院的神经内科，做了头颅CT、颈椎X线片等，检查结果都正常，医生认为M女士身体没有问题，疼痛很可能是劳累过度所致，开了补脑药和镇痛药让她服用。

服药几个月之后，M女士的头痛没有减轻，反而又出现了持续的腰背痛和胸痛，上述疼痛交替发作，发无定时。M女士认为当地医院不够专业，便到了省会城市的某三甲医院就诊，看了神经内科和心血管内科，也做了头部颈椎、胸部、心脏检查，结果都没发现异常。医生按"神经衰弱"给她开具了相关药物。服药几个月后，周身疼痛症状依然没有明显好转。持续的疼痛令M女士茶不思饭不想，不想出门，不愿上班。后在别人推荐下尝试了针灸、推拿，收效甚微。

后来M女士又先后求治于上海、北京几家大医院的消化科、神经内科、骨科，进一步完善了相关的躯体检查与辅助检查，仍然没有发现明确的病因。继续服用很多中西药物，病情改善仍不明显。至此，M女士觉得自己的病已无法医治，心情变得十分糟糕，对工作、生活均丧失了兴趣，且烦躁易怒，夜晚睡眠也受到了影响。因无法上班而休养在家，日常生活也需家人照顾。

一个偶然的机会，她接受了一位患者的建议，来到了心理科。医生详细地了解了病情经过，并查看了既往的所有检查报告，认为她的病情属于"持续性躯体形式疼痛障碍"。M女士开始时还将信将疑，服药2周后，顽固的全身疼痛症状竟然有了起色。随后医生调整了药物，并建议她配合心理咨询与治疗，3个月后病情获得了大部分改善，心情也随之开朗了。又继续坚持服药半年。目前，M女士身体上的疼痛、不适感已完全消失，工作、生活又恢复了常态。

案例评析：

该案例患者主要表现为全身各个部位的持久性疼痛、不适，患者非常痛苦，但医学检查没有发现任何器质性病变，患者反复就医、重复检查，吃了很多药，却不见效果，属于典型的"持续性躯体形式疼痛障碍"。上述疼痛往往与心理因素或情绪冲突关系密切，这类患者多数伴有抑郁、焦虑、心烦、失眠，且与躯体疼痛症状互为因果，形成恶性循环。

这种疼痛久治不愈，患者不仅忍受着巨大的生理上的折磨，还要忍受疼痛给生活带来的不便，更会产生一系列心理问题，如烦躁、焦虑、抑郁……部分患者还由于不能正常与人交流而变得自闭、孤僻，也有患者因此而轻生。

这类患者在临床上并不少见，但大部分人对这种疾病并不了解，而一旦该病被识别，经过正确、规范的治疗，大部分患者可最终康复。

第 四 讲

寻寻觅觅，不见芳踪

—— 疑病症的解读

疑病症又称疑病性神经症，是躯体形式障碍的一个亚型。其特点主要是由于患者对身体的不适症状或感觉的错误解释，导致其恐惧或坚信罹患某种严重疾病，而不仅仅是过分关注症状本身。医学检查的客观证据不支持，也无法用其他精神障碍解释，医生向患者反复解释与保证，患者的疑虑仍存在，并反复寻求不适当的医疗检查和帮助，导致影响其日常生活、职业、社交等方面的功能。

、众里寻他千百度　疑病的核心观念

让我们从以下案例谈起。

老王最近几个月他忧心忡忡，总感到自己身上有问题，他认为自己可能得了血液病，总是跑医院。到过很多大医院，最终的检查结果全部是阴性，他仍然为此担心不已。家人都很难理解他为什么锲而不舍地去看病，他宁愿真的有医生告诉他："你得白血病了。"他才有可能安心。

老王到底怎么了（图12）？

以上案例中老王的行为可能会引起很多人的不

图12　疑病的核心观念

解，怎么会有人这样生活呢？

平日里，我们忙于学习、工作和生活，可能很少关注自己的身体，我们不会去关注手有什么特别的感觉、心脏怎样跳动、食物是怎样运送到大肠的。但患病的时候，身体状况无疑会引起我们更多的关注，我们会担心身体某个部分病了，然后看病、检查、治疗，接着迎来康复。而当身体状况恢复了，我们仍继续投入到正常生活中，身体可能就隐入生活的背后了。

而老王，他似乎停留在"怀疑身体某个部分病了"这个过程中国，并且沉溺其中，不能自拔。他可能会像侦探一样，追寻着体内可能的蛛丝马迹，来证明自己患病的真实性。在医院，他可能会和医生不停地探讨这个似乎存在的"病症"。与此同时，耗费大量医疗资源，探访专家。他也由此逐渐成为这个领域的"专家"。尽管投入了大量的人力、物力、财力，得到的却往往是阴性的结果。而结果对于他似乎并不重要，因为寻觅的过程才是重点，就算没有一个医生承认他有"病"，也不能停止他的"侦查"过程。

在家里，他可能不顾家人的反对，努力让家人认同他的担心，让家人支持他的求治经历。这时候，他或者被家人疏远，或者被家人包围，但是这从来不是他放弃追寻的理由。

在心里，他似乎把人生目标定为证明自己身上有一个病，其他的似乎都不重要。

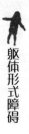

二、身在其中不自知——患病者多，却少被关注

1982年中国12个地区流行病学调查结果（按照当时的ICD-9诊断标准），疑病症的发病率大约为0.15‰；而2004～2005年，河北省的调查结果显示，该病的发病率为1.02‰。从全世界的范围来看，初级卫生医疗机构中符合疑病症诊断标准者为0.8%，美国甚至达到3%～9%。

三、人生在世不如意——疾病的诱因探析

到底是什么原因，让一个人持续怀疑自己身上有某种疾病呢？医学界目前大多认为与人的个性和生活状况有关，同时与自身或周围的人患病情况有关。我们先来看看他们可能的个性和生活状态。

❤ 1. 他们怎么会这样

有学者研究和总结了国外的一些疑病症患者的人格特征，并提出了一些说法。他们认为，这类人的人格是"衰弱型或不安全型的变种""反思人格中的疑病

者""读不出自身情绪变化的人"。也有人从心理治疗中防御机制的角度来形容这种类型的患者，比如"隔离（将部分现实从意识中隔离不让自己意识到，以免引起精神的不愉快）""撤退（从面对现实退到对身体的沉思）"等。

也有学者提出疑病症的发生有两种可能。

第一种，他们曾经历过精神创伤，比如持续出现创伤事件：家庭暴力、冲突、分娩；或者教养缺陷；或长时间的隔离；或短时间内遭受强烈的创伤事件，如：严重的疾病和死亡威胁以及因为治病反而更加重病情的情况。

第二种，他们一直有身体上的不适，也被医生诊断过比如胃肠道、心血管、颅脑等疾病，或者承受了手术后的刺激等。

2. 他们受到了什么影响

到底是什么因素让一个人如此关注身体的不适，临床医生及科研人员致力于通过寻找这些因素，尝试更接近这类患者的内心世界。

最容易发现的因素是社会因素。人都是社会的人，一个人的改变，总是受环境的影响。社会对待疾病的态度，在这类患者的想法里面能清晰可见。

现今社会中，常见的对待患者的态度，也就是患者被赋予的权利，有这么一个出现过程（图13）。

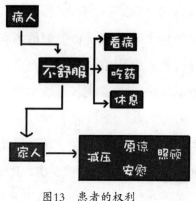

图13　患者的权利

　　患者的角色在不同的社会文化背景中有不同的意义，人们会对此产生不同的理解。比如目前对小孩子流鼻涕、感冒的看法，就和以前有相同。过往认为小孩子这样是体质虚弱导致的。现在也有观点认为感冒是正常的身体反应，一年里面一定次数的感冒和流鼻涕是正常的免疫反应。可见，人们对疾病的看法会随着社会的发展产生变化。

四、自怜因病成慵懒——疾病给生活带来的影响

　　在一些家庭里面，家庭成员患病后会得到比如"免除劳动""获得关心""成为焦点"等不同于普通成员的

对待，在这种类型的家庭里面，通常有丰富的药品，就像小型医务所。而在另一些家庭里面，成员患病后依然要咬紧牙关劳动，实在受不了了，才去医院看病，这种家庭内部对患病是拒绝的。

患病有时候也是一个不错的理由。我们经常看到处于某个阶段的孩童，如果他特别淘气，家长或老师更愿意以"多动症"予以解释，继续使用常规的教养方法，避免进一步的"麻烦"和"改变"。有时候，似乎有一个病名来解释孩子的行为，家长或老师会好过一点。

也有人因为被调动到一个不喜欢的部门工作或者工作能力受到质疑了，这时候他需要一个"病名"，也需要一个"反复治疗、检查的过程"来解释"为什么他不能胜任这个工作"和"他为什么工作能力不能提升"。当家庭成员中的一份子，罹患了严重疾病，其中一个家庭成员因为承受了巨大的精神压力而出现对"死亡"的恐惧，这时候也需要"患上某种疾病"来缓解这种对"死亡"的恐惧感，因为"检查、治病的过程"能让他稍感舒适，但对"死亡"的恐惧与生俱来，所以"患病"也解决不了"死亡"的恐惧。

对于疑病症，可以这样假定：当一个人在成长过程中，或因精神创伤，或因身体疾病，逐渐形成一个固定的信念，即"患者的角色是有益的"。那么，他可能会在某个阶段（多为碰到具有现实意义的、关乎身体的刺激后）对自己身体患病的可能性坚信不疑。对于这种信

念，治疗过程中需要强调合作，既要协助患者发掘对自己身体状况的洞察力，学会正确理解身体信号，接纳生活事件带来的躯体感受；同时教育患者善于利用有利资源，稳定和控制情绪。具体的治疗手段和方案，我们在治疗部分进行讨论。

五、停杯投箸不能食——常见的疑病症患者主诉

我们来看看疑病症患者对自己经历的描述。

"我都快被我的病折磨死啦！"

"有没有人和我一样有疑病症呢？这真是让我非常非常困扰和焦虑！我不停地去想我身体是不是有什么问题了，有一点风吹草动我都吓得半死，我希望医生或者权威人士能告诉我发生什么事了，或者告诉我怎么应付，谢谢你们了！！！"

"我非常焦虑，我天天都关注着我的健康，我总是摸鼻子，我觉得我的鼻子应该有很严重的病，总感觉非常不舒服，这不是刚好证明了有鼻窦炎或者鼻咽癌之类的病吗？

"我每天都监测体温，我记录了我全天的体温，天天如此。我三个月去一次皮肤病防治所检测HIV，如果我一不小心碰到了别人接触过的东西，我就会立刻去测

HIV，虽然每次结果都是阴性，但是，我仍然觉得自己染上了HIV。"

疑病症患者在日常生活当中，会把注意力和焦虑不安的焦点都集中在"证明我的身体是不是出了什么问题"这个话题上。

 1. 疑病症患者在医院

医生在门诊中经常遇到就诊者有这样的行为和言语。

首先，他们对健康担忧，对身体过度关注和感觉过敏

* "我的身体怎么会出现这样的问题呢？"
* "我感到这个地方很不舒服，我怀疑这里病了。"
* "上一次我那里有点不舒服，过几天好像好了，但现在这里又开始不舒服了，是不是我真的有病了？"

然后，他们经常提议或者恳求

* "医生我希望你帮我再做一次检查，我还是担心这里会出问题啊！"
* "我今天又不舒服了，虽然上午才做完检查，但是我还是想再做一次，麻烦您啦！希望您给我再检查一次吧！我还是很不放心！"

最后，他们充满无力和担忧的诉苦

* "我这里总是有问题，我已经担心到睡不着了，怎么查都查不出来，担心死了！"
* "我已经查了好多遍了，始终没有发现问题，医生都烦我了，我感到我的身体变得越来越糟糕，我可能真的没救了！"

2. 疑病症患者在家中

他们似乎将对生活的兴趣爱好都局限在自己身上，或者说身体上的疾病已经成为他们日常生活中最重要的事情。放弃某些工作，减少对家人的关注，不再参与日常的聊天和活动，这些都让他人感到奇怪，但却难以劝说。家人的劝说反而会引来患者对自己疾病的诉说或者诉苦，情绪可能会激动或者低落。以至于到最后家人只能置之不理了，这时候，他可能更有证据证明自己有病了——"病情太严重了，连家人都抛弃我了。"

他们对自己身上所发生的事情似乎有一种流程化的认识，或者形容为僵化的认识。一些身体上的常见改变，比如梳头发时脱发，指甲上的痕迹，身体上的一些似是而非的症状，这些都会让他们开始寻找证据，比如上网搜索，把症状贴上"病名标签"，然后又开始一段"带着一叠病历去医院旅游"的经历。只不过这段"旅游"的经历没有欢乐，只有无穷无尽的纠结。

3. 疑病症患者的内心

他们内心世界里多是烦恼，而求治最后变成了某种程度的"习惯或成瘾"，但是他们更多的是对医生诊断的不满，对治疗的不满，对家人不能理解的不满，对生活压力的不满，对同事、领导、人事以及福利部门的不满，种种的不满成为了他们口中的"压力大"，也成为他们难以改变的"理由"。

他们的一切行为都严格遵循"养生手册"，对养生或者各种回避疾病的方法、治疗方法兴趣极大，广告上的、网上流传的，都是他们的"宝库"，要去挖掘和模

仿（图14）。有
时候甚至是僵化
地执行，以至于
让人感到难以相
处。他们可能连
触碰一下别人或
者别人接触过的

图14 疑病症患者的"养生宝典"

物品都异常小心，甚至要消毒。

他们对药品的不良反应感受突出，药品说明书的内
容他们往往会背得烂熟。他们对检查也了如指掌，因为
做了很多，也能指出每个检查可能的缺点，他们认为正
是这些缺点，导致疾病不能被诊断出来。尽管如此，他
们仍面临着反复用药、反复检查的苦恼。

他们常有"先天不足、后天失调"的自我认识，自
认体弱多病，尽管往往事实并非如此。可能我们会看到
一个正常体魄的人，或者连鼻涕都没有，仅仅只有一些
鼻塞的人会认为自己鼻子有这样那样的疾病。我们在他
身上，看不到太多"先天不足"的痕迹，可能"后天"
也是正常。这似乎只是他们的一种"理由"，来"证明"
自己"有重病"。

烦恼的世界让他们失去了和社会的联系，这时候，
他们需要更多地对父母的依赖，对医生的依赖，也易
紧张、易烦恼和易发怒。这似乎又回到了证明自己存
在"重病"的"理由"了。所以，他们的痛苦是真实

的，但这种痛苦难以被认同，更多地是在内心自我承受着。与此同时，他们很少选择去观察心理活动，关注内心其他的感受，他们看到"一棵树"，但却忽略了"整片森林"。

六、专业医生如是说——疑病症的诊断

（一）疑病症的诊断

根据《中国精神障碍分类与诊断标准（第三版）》（CCMD-3），疑病症的诊断标准如下。

［症状标准］

1. 符合神经症的诊断标准。

2. 以疑病症状为主，至少有下列1项。

（1）对躯体疾病过分担心，其严重程度与实际情况明显不相称。

（2）对健康状况，如通常出现的生理现象和异常感觉做出疑病性解释，但不是妄想。

（3）牢固的疑病观念，缺乏根据，但不是妄想。

3. 反复就医或要求医学检查，但检查结果阴性和医生的合理解释均不能打消其疑虑。

［严重标准］

社会功能受损。

［病程标准］

符合症状标准至少已3个月。

［排除标准］

排除躯体化障碍、其他神经症性障碍（如焦虑、惊恐障碍或强迫症）、抑郁障碍、精神分裂症、偏执性精神病。

（二）诊断标准如何理解

如何理解这个诊断标准？我们可能需要明确有没有一些想法是持续存在的。比如以下两个特征。

（1）在谈话过程中，从第一句话开始，到最后一句话结束，都对"疾病"存在怀疑和证明过程，这种怀疑近乎"坚定"，以至于谁都动摇不了。

（2）毫不犹豫地拒绝众多医学专家或医生对于他身上的症状和他所"怀疑"的"疾病"没有关联的解释，包括忠告和保证，这种状况难以用固执来形容。

我们可以想象一个场景：一个人可以用半个小时以上、毫无疲累、巨细无遗地、声情并茂地指出自己身上的"某个症状"可以用"某个疾病"来"解释"，尽管他对面的医生、家人、朋友早就厌烦，甚至发脾气告诉他："事实不是这样的！"他仍无法消除这种"坚定"的"怀疑"。

七、不知今夕是何年——疑病症的鉴别诊断

　　事实上这需要长时间的排查。有时候，疑病症患者可能真的有躯体疾病存在，因此，需要多学科会诊。如果存在某种躯体状况，但以目前的证据无法解释其症状表现，则应高度怀疑是否为疑病症。然而，做出该诊断并非一朝一夕之事，需要排除其他问题，如抑郁障碍、广泛性焦虑障碍、惊恐障碍、精神分裂症和偏执性精神病等。

　　疑病症的症状在很多疾病中均可出现，此时仅仅是作为某种疾病过程中的一个症状表现，而非疑病症。原因是这种症状会随着该种疾病的缓解而消失。

1. 对健康的担心和疑病症有区别吗

　　对健康的担心人人都有，特别是当我们身体患病，或者看到周围人糟糕的身体状况时。对健康的担心会促使我们求医，或者让我们做一些对身体有益的事情，比如戒烟、戒酒、控制饮食、健身、远离伤害。这种担心在一些情况下继续发展，可能因为文化或者个人的个性特点，"担心"有时会发展成为"健康焦虑"。而严重的健康焦虑继续发展，则会产生一些内心的痛苦感，这时候就和普通的养生、健身或者担心不同了。这个过程就像一条光谱，从对身体的担心，逐渐发展成为健康焦虑，如果这时候继续发展并加重，就有可能成为疑病症。如图15。

图15 从健康、担心到疑病症

💜 2. 健康焦虑

现代医学发展迅速，然而似乎人类仍难以逃脱患病的"魔咒"，无论是身体出现能被检测出来的疾病，还是不能被检测出来的疾病，疾病似乎成为了悬在人类头顶的达摩克利斯之剑。对于疾病和健康的定义，似乎把人类分成了两群，我们都希望健康，但是，我们反而产生了健康焦虑（health anxiety）。

健康焦虑可以在很多状态当中出现，比如患了某些慢性疾病后，看到朋友、家人患病或者去世后，或者其他疾病，如广泛性焦虑障碍、强迫障碍、抑郁障碍、躯体化障碍和疑病症等。有的人担心的不是现在这个病，

99

躯体形式障碍

而是担心未来可能会患各种肿瘤、卒中、心脏病、艾滋病、老年性痴呆症等疾病。

可以说，焦虑更多是过去的经验所带来的，指向未来可能出现的问题。这时候健康焦虑的原因可能是某些过去的特殊事情，比如生活中的压力、家人患病或死亡、成长发育期间经常感受到健康的担忧。还有就是人的个性，如果是杞人忧天的个性，那么可能就会发现自己很难面对生活中的各种情感矛盾和冲突。有时候健康焦虑的发展，可能会成为一个心理健康问题，比如抑郁发作或焦虑障碍，这时候需要更专业的治疗。健康焦虑的发生一般有这样的规律，如图16。

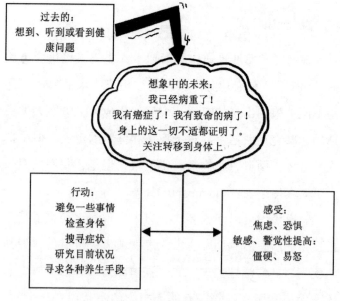

图16 健康焦虑图式

八、不积跬步，无以至千里——疑病症的治疗

疑病症治疗需要根据具体情况来进行。一种是，不伴明显的抑郁或焦虑情绪，可以以心理治疗为主；另一种是伴随抑郁和焦虑情绪，则需药物治疗与心理治疗共同配合。

总体来说，疑病症的治疗目前仍以心理治疗为主，由于新型抗抑郁药的研发，也提倡心理治疗结合药物治疗。无论选择哪个治疗方案，都需要考虑患者的人格特征以及既往的治疗经历。

药物治疗方面，目前常用的抗抑郁药见表4。请遵医嘱或按药品说明书用药。

表4　常用抗抑郁药

药名	主要不良反应
氟西汀	胃肠道反应，头痛，焦虑，失眠，性功能障碍
西酞普兰	同氟西汀
舍曲林	同氟西汀
帕罗西汀	同氟西汀，镇静较强
氟伏沙明	同帕罗西汀
文拉法辛	胃肠道反应，血压轻度升高，性功能障碍，焦虑
度洛西汀	同文拉法辛

对于有明显焦虑情绪的患者，早期可辅助苯二氮䓬类药物，如劳拉西泮、氯硝西泮、阿普唑仑等，但服用时间不宜太长。

小贴士

自我训练方法

1. 想想不同的地方（让关注的焦点转移）

"当我们关注身体的特定部位一段时间后，我们会注意到不同的感觉。现在，试试想着你的脚或者喉咙，注意发现那里的任何感觉。"

"你有没有注意到什么感觉呢？"

"你可能会注意到一些你以前没有注意到的感觉。"

这就是出现健康焦虑的时候，我们所感到的"问题"。我们对身体越是关注，这些被关注到的"感觉"，将越容易触发我们对健康更多的担忧。

2. 呼吸的训练

无时无刻我们都需要呼吸。呼吸就像我们生命的锚，当我们感到焦虑和有压力的时候，可以把注意力集中在呼吸上，这会有助于冷静我们的头脑和身体。

请按以下方法进行呼吸练习。

• 呼吸的思维目标就是简单的平静。不评价所有的想法，使感受和想法自由地来来去去，而无须追逐它们。

- 舒服地坐着，闭上双眼，让脊柱舒适地伸直，注意力放在呼吸上。

- 想象有一个气球在肚子里面，你每一次呼吸气球就会膨胀。

- 想象每一次呼气，气球就会放气。注意腹部气球充气和放气的感觉。你的腹部会在吸气时候胀起，在呼气的时候缩回。

- 各种想法会在这个时候流过你的心头，没关系，因为这是人类的心灵本能反应。简单地浏览一下那些想法，然后把你的注意力放回呼吸。同样，你可以稍微浏览一下你的声音、身体感觉和情绪，然后把你的注意力再次带回你的呼吸当中。

- 你没有必要追寻那些想法和感受，没有必要因为自己有这些想法而去判断对错或者分析它们。想法随它自在自走，记得把你的注意力放回你的呼吸。

- 无论何时，当你发现注意力被想法带走的时候，你只需要知道注意力移开了而已，然后温柔地把注意力放回你的呼吸上。

- 被自己的想法带走注意力是很正常和自然的，无论这种状况发生了多少次，你只需把你的注意力带回呼吸就可以了。记得，无须评价自己做得好与不好。

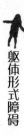
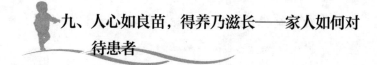

九、人心如良苗，得养乃滋长——家人如何对待患者

疑病症造成了医疗资源的巨大消耗，也耗费了患者和家属的大量精力。但我们需要看到，患者"坚定地怀疑""坚韧地寻找"疾病的过程，"真实的痛苦"感受，是不是也从另一个侧面反映出患者其实也在努力让自己恢复到正轨，只是苦无出路。

如果他们真的把自己的精力和魄力拿来面对生活困境，可能他们的问题就能更好地解决。对于这类患者，可能我们需要做的是好好地倾听他们的感受，看看他们遭遇了什么，看看他们努力了多少。多关注内心、关注患病经历，会有助于病情缓解和康复。

以下继续老王的故事。

其实，老王在生活中一直是一个"局外人"。在家里，他回到家就是吃吃饭，看看电视或者看看妻子做家务，看看儿子，但仅仅是看看，然后他就看自己的电脑和手机了。他工作已经近20年了，一直都是公司软件程序员，从毕业做到现在，没升也没走，与同事的交往都是泛泛之交，下班就回家。只有回到他自己的老家，看到父母，他才会感到一些轻松，是一种可以依靠的、可以信赖的轻松感。

有一周，他持续发热不退，在急诊看了几天还是没完全退热。这期间，有一个亲戚因为血液病去世了，老王在候诊的时候，无聊而又担心地刷着朋友圈，并在网上搜索，一个又一个关键词被大脑记住了："发热不退""白血病""白细胞""红细胞"……等到他看病的时候，医生给他验血常规，他看到了刚在网上看到的那些指标，他担心地问："医生，我不是有白血病吧？怎么烧这么久啊？"医生笑笑说："目前还不能说有白血病，毕竟才几天，检验结果也无异常，以后是否会有，现在怎么能下结论？暂时还是按照感冒治。"这下可惨了，老王感觉医生没有否定自己以后会得白血病，他十分害怕。

接下来，他每天都在搜索白血病的知识，反复去检查，去验血，只要有一个指标有点波动，他就不停地去看病，去检查。尽管他早就不发热了。他对生活逐渐丧失信心，感到自己快死了，他觉得自己没救了，他计算着自己的生存期，想跟妻子说，但妻子其实早就不跟他说话了。最近他的样子更颓废了，妻子已经要跟他离婚了。他只能跟父母住，父母就老是骂他没出息，这么大的人了，还老是怀疑自己有病，明明什么事都没有却老是检查，检查了又不相信结果。

折腾了一番之后，老王决定听从一位血液病专家的建议去心理科试试。结果，被诊断为"疑病症"，医生建议服药的同时进行心理治疗。心理治疗师逐渐让老王了解自己，其实他早就对生活不满和丧失信心了。他不敢跟妻子说话，觉得妻子就会数落自己不做家务。老王认为自己是男人不应该做家务，但难以说服妻子，自己是在讲道理而妻子则蛮横无理。老王遇事退缩回避，儿子也不喜欢理他，他只能远远地看着儿子，妻子也不让儿子跟他玩，他总是有事无事就回父母家，他没有多少朋友，也没有什么兴趣爱好。

在治疗过程中，他逐渐认识到自己的不良生活方式是造成现在这个局面的原因之一。他开始培养自己的兴趣，比如养鱼、跑步。但是，他还是认为妻子不对，难以沟通，离婚不可避免，他觉得没办法，也只能接受，大不了以后自己和父母过。而对于白血病，他仍然坚信自己会有，也不定时地去做血液检查。治疗在缓慢地进行，无论是精神科医生还是心理治疗师，都认为老王的治疗不容易。

有这类问题的患者，在工作和生活中都是较为退避的人，无论从能量还是做事的气势来说，常缺乏勇气和毅力。这是他们面对困难时的一种惯性，这种惯性延续于年少时对困难的过度解读和恐惧，来源于父母的权威，也来源于社会的过度反应。

在科学、逻辑思维还没有成为主要思潮的时候，神鬼、灵性是主要的思考方法。遇事问卜、凡事靠鬼神是习俗。两种思考方式依靠的其实都是内心的"神一样的存在"，或者是"科学之神"，或者是"神鬼之神"。一个自认内心弱小需强力帮助的人，自然会寻找比自己强大很多的力量帮忙。当今社会，部分人会把医院——以生物科学建立起来的医院——当成一种"庙宇"，需要"朝拜"，以解决内心弱小的问题。"医生"需要无所不能，"医生"需要兼顾"神父""主持""父母""兄长"的角色，也要能治病。这可能就是这个时代的"迷信"了，疑病症的种种表现是这类患者的一种生活方式。

在治疗疑病症的过程中，我觉得更重要的是重建患者的信念，不是要把他的内心拆开重建，而是让他发现其实他不等于既往"他的问题"。他是一个人，一个有很多选择的人，不是一个只能背着"疾病"生活的人。他依然可以寻找回自己有能力的时候或机会。只要能把问题分开，或者找回曾经成功的经验，那么治疗就开始有意义。患者可以从新的角度观察自己，发现自己可以成为掌控自己的人，而不是一味"被疾病缠绕"的人。他可以从主动的角度观察"疾病"，发现自己可以施加更多的影响在疾病上，而不是被它们指使。可能，这就是让这类人从"疾病"的"殖民"中"解放"出来的过程。

本讲小结

读者到这里，应该可以大概描绘一个"疑病症"的图画了：一个总是在试图寻找自己患有某种疾病的证据的人，他会不停地在医院里面看病和做检查，对医生和检查结果的态度是否认的。然而，在生活中，他却难以维持那份坚持和动力，总是有依赖的习惯，而且退缩回避，消极应对。治疗疑病症需要药物治疗与心理治疗相结合，治疗耗时较长，患者要坚持，同时也离不开家人的支持。

案例扩展

无力的恐惧

D女士，神色慌张、眉头紧锁，在诊室，她反复地、不厌其烦地告诉医生，她快不行了。她已经说了快半个小时，手上的资料犹如厚厚的一本字典，各种检查大多显示阴性结果，但依然不能让D女士安心地相信自己没有"重症肌无力"。

可能是命运的捉弄，D女士有着坎坷的生活经历。她25岁的时候，丈夫就患上了不治之症——肌萎缩侧索硬化症，这种病没有特效药可治。当时，D女士不能明白这个为什么叫不治之症，丈夫只是感到手脚有时不怎么听话而已，又不是癌症。她难以接受这个来自未知的厄运。但在后续的十几年中，她切切实实地感受到了这种疾病的折磨。她眼看着丈夫逐渐难以自理，难以言语，难以吞咽，难以呼吸……直到死亡的来临。她需要不停地工作，以维持一家人的生活、支付丈夫治病的高额医疗费。

家里人告诉她，他们对她的支持是有限的，但是她不愿意放弃。她一心就想为了这个家庭也要坚持。然而，一个人的精力是有限的，她积劳成疾，不到40岁被确诊患了糖尿病。但是，为了省钱，她不愿看病，只是在药房买药吃吃而已。

丈夫去世了，她依然没有放弃为家人努力生活的想法，依然不停地工作，但她的情绪已经变得不稳定，糖尿病病情也加重了。终于有一天她头晕、乏力，晕倒了。自此，她开始怀疑自己患了重病，她用了很短的时间，就构筑了自己的"疾病诊断"——"重症肌无力"，她感到自己也患上了会慢慢无力死去的疾病。

她去很多医院的神经科看病，也吃了很多中药、西药，做了针灸、拔罐等等，她逐渐放弃了希望，她感到自己快活不下去了，工作也做不了了。最后，在家人、朋友的劝说下，她来到心理科，结果她被诊断为患有"疑病症"。

经过半年的药物治疗配合心理治疗，在家人的支持下，D女士终于开始与他人正常接触。她不再反复地自怨自艾说自己是个必死无疑的重症患者，开始做一些零工，也开始重新照顾家庭，照顾自己。她的一句话是这样说的"以前我是为家庭而活，现在，我要慢慢开始学会为自己而活下去"。

案例评析：

该个案是一例典型的疑病症案例。患者经历了照顾重病丈夫的十几年，这个漫长的过程让她逐渐萌生了对死亡的恐惧感，也逐渐让她懂得了患者角色的意义，更重要的是，积劳成疾让她逐渐对生活失去了掌控感。此时，她能想到的事情，就只剩下"疾病"了，无论是因此而得到休息，还是因此而得到重生。这是一个内心极度疲倦不安的人所能做出的唯一选择。

所幸的是，她的家人支持她，她也得到了正确的治疗。经过抗焦虑、抗抑郁药物的治疗，心理治疗的安抚和康复训练，她逐渐尝试重新回归家庭、回归社会。这是D女士和家人在正确面对这个疾病后的可喜结果。

患上疑病症并不可怕，重要的是，如何正确面对问题，找到方法，以爱和支持作为最大的力量，让在痛苦中挣扎的患者重新焕发活力，找到自己的人生方向。

第 五 讲

你不知道的事

——医学难以解释的

症状的解读

经验说：身体出现了症状，一定是身体上得了病。

科学说：身体有症状却检查不出问题所在，可能是心理因素在作怪。

在普通人群和基层医疗机构就诊的患者中，至少有1/3的躯体症状在医学上无法解释，这些症状可能涉及身体的任何系统。患者就诊主诉多种多样，常见的包括疲劳、疼痛、眩晕等；复杂的如感觉缺失、行走困难、麻痹，甚至抽搐发作等；月经紊乱、男性勃起功能障碍或胃肠道症状（腹痛、胀气、便秘）也较常见，其严重程度、持续时间呈连续谱分布。

在反复检查排除了器质性因素之后，我们需要考虑这些症状与患者的心理及社会文化因素有关。国外学者Kirmayer曾强调社会（就医）环境对症状的影响，认为患者的求医行为本身就是症状持续化的因素之一，不充分的宽慰、解释或医患关系不良都会使症状加重。这些患者往往不断经历着"检查—用药—缓解—复发—检查—用药"的恶性循环。受生物医学思维模式的影响，社会及心理因素往往被忽略，很多临床医生认为只要各种医学检查没有问题，便可以不予以重视。尽管患者每每得到的答案总是"没什么问题"，但他们的症状的确会反复出现，并严重影响到社会功能。

那么，这到底是一种怎样的疾病呢？

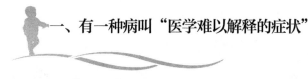

一、有一种病叫"医学难以解释的症状"

让我们从以下案例谈起。

我是小白，今年31岁，大学毕业后就来到了深圳，成了一名典型的IT男。我性格内敛，不太爱讲话，胆小怕羞，见到女孩子就脸红。我工作十分卖力，经常加班加点。来深圳10年，工作上稳中有进步，生活上也相对稳定。可最近两年的患病经历，真心让我在艰难中悟出了所谓"生活的真谛"。通过和朋友交流，我相信，和我类似的人群在生活节奏超快的深圳应该并不少见，现做一简单总结，愿为大家提供借鉴。

2010年上半年开始，我时常感觉中下腹无规律胀痛，大便时干时稀，疼痛时轻时重。开始我也没太在意，只是觉得可能跟饮食不规律有关系。随便到公司医务室和就近的社区医院取了些药吃，效果不明显。后来症状越来越频繁，腹痛有时很剧烈，尤其是加班比较晚、很疲倦的时候。平时一想到茫茫无边的工作和深圳的高房价，腹部就开始做痛。先后去看过几次急诊，做过不少相关检查，但医生却没给出明确的答案，这让我不禁有些疑惑。后来我到某三甲医院的消化科就诊，做了血常规，肝、肾功能和腹部彩超，都没发现问题。但肠镜检查的经历令我十分痛苦，各种不适……至今仍有心理阴影。这不是我吐槽的重点，重点是肠镜结果显示有结肠息肉，但医生却说没太大问题。病历上诊断是"肠易激综合征"，我也按照医生的嘱咐吃了两个星期的药，病情有些好转。但约1个月后，在一次连续数天加班后突然腹痛加重，疼得我满身大汗，再回到上次那家医院就诊。医生又让我做了腹部CT、彩超和抽血化验，并告诉我说是"慢性肠炎"，服药治疗，腹痛再次好转。

我觉得腹痛的原因还是没有搞清楚，随后的大半年时间里，先后到广州几家医院的消化科、腹外科、中医科等求治，也反复做了腹部MRI、彩超，甚至是腹部穿刺等检查，仍没查出腹痛的明确病因。

我心中充满疑虑，这到底是什么病呢？

类似小白这样的情况在日常生活中并不少见。精神专科把这种躯体不适称为"医学难以解释的症状（medically unexplained symptoms, MUS）"。这种疾病一般难以发现器质性病因，或即使有一定的器质性变化或病理改变，但难以解释其症状。这些"不舒服"往往是非特异性、模糊多变的，很难具体化。临床上，由于患者主要表现为各种躯体不适，导致该病常见于精神科以外的其他科室，这也是它经常被误诊、漏诊的主要原因。

下面，让我们来系统了解一下这种疾病。

1. 医学为何不能解释这些"症状"

MUS的中文名称取自其英文翻译，虽然比较拗口，但却直接表达了这个概念的核心要素，即以目前的医学技术水平尚不能解释患者的"症状"。一般而言，临床上的很多症状是有明确原因的，比如：因炎症导致了发热，外伤导致红肿疼痛等。而上述案例中，小白虽然体验到了明确的腹痛，但反复多次做了腹部的相关检查均未发现能导致或明确解释腹痛的确切病因，因此，将其归于MUS。

另有一种情况，就是医学上的检查可能解释患者症状中的某种表现，而无法涵盖全部。比如"中风"患者感觉到瘫痪侧肢体的"麻木感或束带感"与"冰冷感或波动感"就是典型的例子。其感知到的"麻木感或束带感"与其大脑相关区域的梗死或出血有关，而"冰冷感或波动感"则无法以上述脑功能定位进行解释。因此，也归于MUS。

❤ 2．MUS从情绪到躯体的秘密

同属一片蓝天，我们会发现东边下雨西边却是晴天；同属一个人体，MUS表现为躯体的不适却是一种典型的精神疾病。从情绪到躯体，它们之间有着怎样的桥梁使之衔接成为一个整体呢？

生物学桥梁： 这些MUS虽然可发生在身体的多个器官、系统，但却与自主神经功能密切相关，如常见的出汗、心慌、头晕等与自主神经张力、平滑肌或骨骼肌收缩有关；头痛、腹痛、月经痛等各种疼痛与警觉水平升高、痛觉阈值降低有关；而内分泌和代谢改变也可招致肥胖等。这也是非精神科医生将此诊断为自主神经功能障碍或某种器官（如：心脏、胃肠）神经症的原因。

社会学桥梁：生活事件是导致躯体症状的重要原因，如失恋后出现思睡、食欲差、消瘦等表现；遭遇车祸后出现头痛、心慌与胸闷等表现。研究发现，应激可通过神经内分泌中介机制，使躯体器官发生生理、病理等改变而引起躯体不适症状，症状的种类和多少也与应激的强度密切相关。个体的应付方式、认知评价也对症状的产生起重要作用。如平时乐观开朗的人，即便遭遇不幸，也能很快适应新的生活变化，而产生较少的躯体症状。

心理学桥梁：尽管MUS患者通常拒绝承认症状来源于精神层面，但他们这些症状的出现往往和长期存在的不愉快的生活事件或内心冲突密切相关。经济地位、社会地位低的农村女性更容易出现这种躯体症状。症状出现的可能机制大致有以下两方面。

（1）潜意识获益

一方面，躯体症状可缓解情绪冲突，如吵架后气愤的妻子有胸闷、头昏等不适；另一方面，症状的出现可以回避不愿承担的责任，并且可以得到关心和照顾，如不愿意上学的小孩老是肚子痛、腹泻而家长被迫给其请假。需要说明的是，患者并非刻意"装扮"出这些症状，事实上连他们自己也不明白为什么会患病。

（2）述情障碍

形象的理解就是当婴儿饿了要吃奶时，因受到言语的限制不能直接表达，而只能通过哭闹的形式来传达"饿"这一信息。

图17　患述情障碍的婴儿

3. MUS在临床上常见、高发，对它的认识却有限

（1）MUS的流行病学资料

MUS常见于临床各个专科，消化科有高达54%的症状不能找出确切的病因，神经科类似的情况达到50%，依次还有心血管科、风湿科等。普通人群中持续或反复发作MUS的时点患病率为20%，单一躯体症状在普通人群的患病率约为10%，占初级保健机构门诊患者的22%。西方国家初级保健机构中至少1/3的躯体症状（如疼痛、疲劳和眩晕等）找不到充分的器质性病因。孟凡强等对国内三家大型综合医院内科、神经科门诊患者进行调查，发现约有18.2%的患者符合躯体形式障碍的诊断。

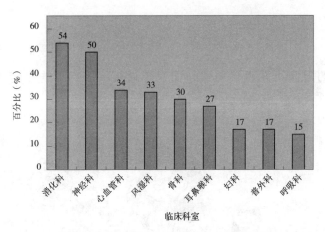

图18　MUS在各临床科室的发病率

（2）综合科医生对MUS认识不足

MUS与心理因素有关，但多数患者往往就诊于综合医院各个专科而非心理科。在我国，躯体形式障碍患者中约38.6%首次就诊于神经内科，其中主动要求去心理科就医的仅占8.8%。这类患者病程长，长期、反复就诊于非心理科门诊，临床医生对这一疾病认识不足，无法正确识别与判断，导致较高的误诊和误治率。

虽然临床上常见，但目前有关MUS的病因及其发病机制均不清楚，部分研究认为MUS的发生发展可能与下述因素有关：患者的心理因素、健康观、情感状态、潜在的人格特征、自主神经兴奋程度、肌肉紧张、过度换气、失眠、长期缺乏运动以及对外界刺激感受能力的损害等。也正由于其病理机制不清，目前称之为"医学难以解释的症状"。提示医生对临床症状的理解不能仅局限于生物学角度，还应更多地关注社会心理因素，这样才能避免"盲人摸象"，期待未来有更深入的研究。

（3）越多身体不适，越可能"没病"

临床上经常见到这样一类患者：年龄40岁左右，女性稍多，他们经常因身体各处不适而辗转于医院的各个科室，如到消化科看恶心、嗳气、胃胀，到心血管科看心慌、胸闷不适；到五官科看咽部异物感、呼吸困难，到妇科看痛经及月经不调等等。他们的这些躯体不适体验都非常真实，有些甚至严重影响生活、工作和社交，但却不能找到相应的病因，或虽然相关检查结果阳性，但却不能很好地解释其症状。医生总说"没什么问题，不要太担心"。他们真的没病吗？

专家表示：躯体症状数目增加时，心理痛苦的程度随之增加，与此同时，抑郁、焦虑的诊断及功能损害的程度也相应增加，躯体症状数目的增加可作为心理痛苦和功能损害的一个尺度。如图19所示，这些"医学不能解释的症状"条目数越多，其罹患精神障碍的可能性越大，而当其症状条目符合相关标准时，就可能构成了躯体化障碍或疑病症，所以，这些躯体不舒服"是病，得治"。相关研究再次提示我们，身体有症状却查不出原因，可能是心理因素在"捣鬼"。简单可行的验证方法是，到精神科就诊，必要时可施行诊断性治疗。

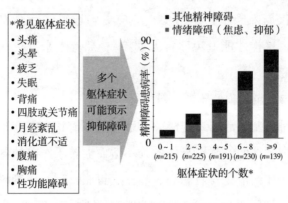

图19 MUS与精神障碍的关系

（4）文化和性别区别对待的MUS

由于上述的述情障碍、潜意识获益在女性中更常见，故由其导致的MUS在女性中通常更多见，尤其是农村地区、受教育程度低的未婚女性更容易出现。可能的原因是：家庭中的男性多数"主外"，承担养家糊口的社会角色，要求其不能轻易地表达出躯体不适；而传统的中国女性多"主内"，生理差异使其对疼痛等的刺激更敏感，从而体验到更多的躯体不适，她们通常会、也更愿意去看病。

情绪的表达与特定的社会文化密切相关。在中国的传统文化观念中，女性常被要求"笑不露齿""犹抱琵琶半遮面"才是典雅、端庄的表现，实际上，这些都是对合理情绪表达的压抑，这种无形的社会歧视阻碍情绪的直接表露，而躯体不适的"症状"则是一种"合理的"表达途径。于是，患者自然会掩饰、否认，甚至不能感受到自己的情绪体验，而只能选择性地关注自己的躯体不适，导致MUS发生。

（5）花钱治不好的MUS

MUS患者的症状变化多端，部分患者对症状体验强烈，而临床诊断常常难以确立，常规治疗效果欠佳。患者往往辗转于临床各科求助，消耗了大量的医疗资源，是个典型的"花钱治不好"的疾病。

英国资料显示，MUS患者的就诊次数较无MUS患者高50%，门诊和住院花费高出33%；医生评价MUS患者的处置难度超出其他患者4倍，而医患双方的就诊满意率明显低于平均水平。

美国资料显示，平均有10%～20%的医疗预算花在躯体化或疑病观念的患者身上。

德国资料显示，近半数MUS患者接受过无效诊疗措施，住院患者中约20%甚至接受过无临床指征的外科手术，平均医疗费用高出9倍。

我国目前尚缺乏确切的资料。部分研究提示，内科门诊约有18.2%的患者符合躯体形式障碍的诊断，神经科门诊约1/3患者存在MUS。

 二、百病连心，同病异形

时间就是一条奔流不息的大河，从"过去"流到

"现在"，不作片刻停留，便又朝着"未来"滚滚而去。"疾病"作为生、老、病、死中重要的一环，是每个人都会经历的，是熟悉却又显得陌生的"朋友"。由于从生物医学的角度找不到明确的病因和确切的病理机制，MUS的概念、诊断、分类和治疗似乎总是随医学发展的不同时期、不同学术观点而变化。目前所称的MUS在医学界最初被认为是躯体器官（如子宫）的扰乱，将此类问题归为癔症，以后相同或相似内涵的命名包括疑病症、Briquet综合征、自主物神经功能障碍、心脏/胃肠神经症及躯体化障碍等（图20）。

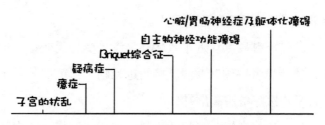

图20　医学不能解释的症状MUS的演变

无论过去的诊断标签是什么，MUS作为一个中性、相对客观的描述性用语，符合时代潮流发展及生物–心理–社会医学模式的内涵，越来越得到学术界和患者的认可。百病连心，同病异形，MUS作为核心特征，其在临床上出现的形式多种多样，常见的形式如下。

1. 看我七十二变之作为躯体疾病的伴随症状

一名55岁的男性因胸闷、胸痛在医院行冠状动脉支架植入术，可术后他仍经常胸痛，十分希望从医生那里得到"这不是心绞痛或心脏缺血"的保证。这种现象在造影术后常见，过去的经验发现，很多患者即使再次行有创性检查也不会发现解释其症状的器质性病因。有经验的医生在评估病情的基础上会给予患者适当的安慰与保证。但如果医生不乐意处理或忽略患者的这些心理诉求，则有可能加重患者的担忧与恐惧，压抑的情绪体验会加重其胸闷、胸痛的主观症状，并增加其再次行冠脉造影的可能性，给患者造成不必要的经济和心理负担。

专家表示：MUS可与器质性疾病并存，存在器质性疾病（如心肌梗死）的患者都会有一定的情绪反应，对自身不适的叙述和求医行为是患者对疾病适当的应对方式，如果这种合理的诉求得不到关注，患者可能会产生MUS。正如上面提到的患者，在支架植入后仍然觉得胸痛，适时而妥当的治疗措施是请心理医生会诊，在充分评估病情的基础上予以适当的保证，并从心理角度进行解释和引导，让患者认识到胸闷、胸痛的病因已完全解除，目前体验到的胸闷、胸痛症状是其焦虑、担心等情绪在躯体上的表现。此时需要的不是再次进行手术，而是善待这种情绪，听从医生的建议，提高治疗依从性，

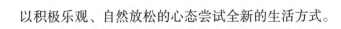

以积极乐观、自然放松的心态尝试全新的生活方式。

2. 看我七十二变之作为焦虑障碍的常见症状

23岁的小李机智聪明，在公司里是一把好手，但在最近两次的公司集会时他突然出现胸闷、透不过气来的感觉，伴有心悸、出汗、手足发麻，有濒死感，感觉要失控。每次发作约一刻钟，但每次去急诊做心电图或动态心电图、活动平板运动试验均未见明显异常。急诊科医生说她没有心脏病，而是一种名叫"惊恐障碍"的精神疾病。小李的胸闷、心慌、出汗等躯体症状并不能用器质性疾病（心脏病）的症状来解释，是一种MUS，此时的MUS便是作为焦虑障碍（惊恐障碍）的常见症状而存在。

专家表示： MUS可作为抑郁障碍和焦虑障碍的常见躯体症状。由于受传统文化的影响，当罹患抑郁障碍等精神疾病时，患者更多地表现出各种疼痛、嗳气、反酸、周身乏力、易疲倦、不思饮食及失眠等躯体症状。在部分特殊人群（如老人、儿童、妇女）以及部分移民人群中，这种现象更加明显。通过下图我们可以清晰地看到，焦虑时可见肌肉紧张、多汗、口干等躯体症状，而抑郁时则多见食欲差、疲乏、失眠等。既往的经验也告诉我们，很多因为抑郁障碍自杀的人生前曾多次因失眠、疲倦等躯体不适去医院就诊，但均未正确识别出抑郁障碍的核心本质，从而导致惨剧发生，所以披着躯体症状外衣的抑郁障碍务必要引起我们的警惕！也有专家提出，对于失眠的患者，早醒可能提示抑郁，而入睡困难（大于30分钟未能入睡）则可能提示焦虑。小李难以解释的胸闷和呼吸困难可能是惊恐发作（焦虑障碍的一种亚型）的常见症状。当然，反之我们也要注意，抑郁与焦虑症状也可以作为躯体疾病的常见临床表现，如癌症患者多合并抑郁、焦虑等情绪问题。

3. 看我七十二变之作为功能性躯体综合征的核心症状

医学上各临床科室常把一些患者的症状作为个体临床综合征来报道，他们通常都具备躯体疾病的某些基本特点，但又缺乏相应、肯定的病理学证据。虽然患者的主诉症状提示存在潜在的器质性疾病且表现痛苦，然而所有检查结果难以解释患者的躯体症状与痛苦。此时这些患者通常被冠以"某某某综合征"。

专家表示："某某某综合征"充分体现了医生的生物学观点，但随着生物–心理–社会医学模式的普及，对于这类人群，我们通常会发现他们多合并失眠、疲倦、肢体麻木等多种不典型症状，细心的临床医生如果深入了解这些患者的病史与生活经历，往往可以发现一定的社会心理因素在疾病发生发展中的重要作用。如夫妻吵架后更容易出现失眠、头昏；失恋后出现不能行走等奇怪症状，可能的解释是其心理或情绪的痛苦被压抑，代

之以躯体的症状与不适。由此提示，对于表5中常见的临床不能解释的症状及给予的诊断"标签"，我们应该吸取"盲人摸象"的教训，除了看到本专业疾病表现的"大象鼻子"，更应该关注其生物-心理-社会多方面因素的"大象全貌"，这样才能更好地把握患病的"人"。

表5　MUS及常见诊断标签

专科	常见不能解释的症状	常见诊断标签	专科	常见不能解释的症状	常见诊断标签
精神科	视转诊科室而定	躯体形式障碍躯体化障碍	感染科	疲劳、头痛、注意力不集中、关节痛	慢性疲劳综合征
消化科	腹痛、胀气、腹泻、便秘	肠易激综合征非溃疡性消化不良	五官科	咽部异物感、呼吸困难	癔症
心内科	心悸、胸痛、晕厥	不典型胸痛、非心源性胸痛	呼吸科	气促	过度换气综合征
神经科	步态异常、头痛、抽搐、感觉异常	非癫痫性发作、转换障碍	妇科	骨盆痛、性交痛、痛经	慢性骨盆痛
风湿科	疼痛、疲劳	纤维性肌痛	军医学	疲劳、头痛、肌肉痛、注意力不集中	海湾战争综合征

❤ 4. 看我七十二变之作为一种行为方式

MUS涉及身体的任何系统，其严重程度、持续时间呈连续谱分布。这些症状是在个体遗传特质的基础上，在社会心理环境的作用下逐渐形成，与患者的疾病观念、情感调节、行为模式、人格特征、亲情关系等都有密切的关系。基于上述可能的影响因素，MUS是一类临床表现的描述性术语，可作为一种行为方式存在，即符合精神科某些疾病诊断标准，并构成其核心症状，常见的以MUS为核心症状的精神科疾病如图21所示。

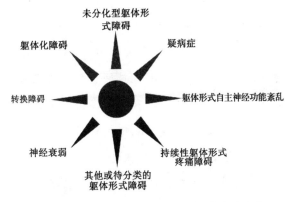

图21　常见的以MUS为核心症状的精神科疾病

三、"医学难以解释的症状"是病，得治

继续前述小白的案例。

作为一名IT男，最不缺的就是技术和的掌控力，但得了这个病却让我有些慌张，做了这么多检查，却没搞明白是什么问题。我开始在网上寻找一些资料，搜索

后才发现网上各式各样的诊断在我的病历上也出现过，什么"肠易激综合征""功能性胃肠紊乱""慢性肠炎"等。后来有医生提示我，这个病和情绪有密切的关系，可能是一种心理疾病。回想一下，我工作压力大，有时候为了赶工程进度确实有些焦虑。鉴于此，尽管我自测了一些量表还达不到抑郁障碍、焦虑障碍的标准，我还是抱着试一试的态度去了精神科。

精神科的就诊让我耳目一新。医生并没有让我去做各科仪器检查，而是仔细查看了我既往的各种病历资料，更重要的是他居然没有直接问我腹痛的症状，而是和我详细聊了工作、生活和家庭的事情。在进行相关的心理测试之后，医生说我的病情该诊断为"医学难以解释的症状"，并建议采取针对性的治疗措施。经过3个月的规律药物治疗与心理治疗后，我的病情明显改善，虽然偶有少许腹痛，但工作、生活等已不再受上述症状的困扰。

❤ 1. 能诊断"MUS"才是治疗的开始

虽然在各科门诊中，以躯体症状为主诉但又缺乏客观生理原因的患者相当多见，但一些医生对这类问题仍缺乏全面的认识与了解，不同学科之间的诊断分类也较为含混。如同样的症状可能被诊断为"神经官能症、神经症、疑病症及功能性消化不良"等。MUS这一名称因其并无精神疾病或心理问题的潜在假设，更能为患者所接受。同时这一名称既考虑了症状的社会心理背景，又可以有生理学解释，没有完全将器质性疾病排除在外，所以，近年来更多地提倡用MUS这个中性、相对客观、但并非疾病的名称来称呼这一疾病。

由于MUS的生物–心理–社会学属性，诊断MUS则意味着临床医生在全面评估患者躯体问题的同时，应注意到影响症状发生、发展的心理、人格及社会因素，在临床沟通上更能积极地让患者解释其对疾病的看法（或观念），用情感去描述自己对症状的体会，从而正确引导其对病因以及可能预后的理解。对于心理或精神科医生，诊断MUS也意味着要更详细地了解患者所有的医疗记录（包括其他医院的诊治情况），并且与有关的经治医生共同讨论是否还需做检查。严密观察患者的一切言行，包括在候诊、进入诊室，乃至离开诊室时的表现，警惕症状的不连续性及可能提示严重躯体问题的征象。故中性、相对客观、但并非疾病名称的MUS让临床医生能从心身两个方面动态观察病情，避免重复检查、过度用药等医源性损害，这也正是积极治疗的开始。

2. 治疗MUS的最佳策略竟是"医患关系"

医患关系作为治疗的基本前提，在当下的社会中显得尤为重要。近几年各地的医疗纠纷层出不穷，一方面，医生出于安全的考虑，在治疗时往往显得保守；另一方面，则是时时提防医生的患者，少了配合接受治疗、理智看待病情的冷静，却多了处处挑刺的戾气，使治病成了身心俱疲之旅。MUS患者，他们通常咨询过很多医生，听到过很多、甚至相悖的对病因的解释，即便反复多次进行各种各样的检查仍不能打消疑虑，于是，便陷入"就医–不缓解–再就医"的恶性循环。对于接诊的医生，可能更多会考虑到医学水平所面临的诸多无奈（许多疾病目前仍未能找到确切的病因或机制），担心如何面对可能发生的漏诊或误诊。所以，对于MUS，良好、稳定并值得信赖的医患关系便成了疗效的基础与关键。

专家表示：首先，不得不承认医生和患者总是相互成就的，无论在哪个时代，在何种环境之下，这种关系都是主流。倘若与这一主流相背离，损害的必然是双方的利益。其次，对医生而言，最应该做的就是接受患者的痛苦，并以积极的方式告诉患者，医生能感受到他们的痛苦，表达对他们关心、同情并努力提供帮助的意愿。最后，可就目前的检查结果进行综合评估，给患者一定的支持、解释，有时甚至是保证，这样不仅能照顾到患者急切就医的心理诉求，同时也能保证患者定期随访就诊的依从性，从而对患者实施动态观察和评估，避免不必要的漏诊和误诊。

♥ 3. MUS诊治流程"连连看"

有道是"隔行如隔山"，医疗作为一门专业性极强的技术性行业，其处理措施、疗程往往不被大众所了解。有的患者或因为不了解疗程，擅自停药导致病情复发；有的患者谈药色变，看到药品说明书上的不良反应而对药品敬而远之，从而导致治疗依从性差，临床疗效不佳，这些现象在MUS患者中尤为突出。对MUS患者常规的处理流程如图22所示。

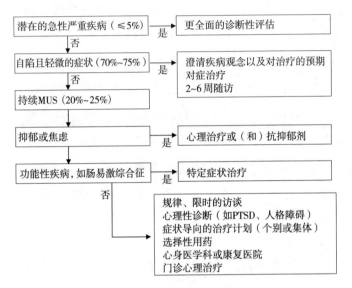

图22 对MUS患者常规的处理流程

4. 医源性伤害，难言的痛

医源性伤害是指患者在就诊过程中产生的伤害，如拍片时放射线带来的辐射损害是不可避免的，这种损害到底有多大，我们看一下外国科学家研究的数据：根据国际辐射防护委员会的最新研究结果估算，以一座1000万左右人口的城市为例，每年大约会有350人可能因照射X线诱发癌症、白血病或其他遗传性疾病；牛津大学和英国癌症研究中心的科学家研究发现，英国每年诊断出的癌症病例中有0.6%是由X线检查所致；在德国，1.5%的癌症是由X线导致的；在X线和CT检查更为普遍的日本，每年新增癌症病例中有3.2%是由这两项检查造成的。

对所有MUS患者而言，都有潜在的医源性伤害的可能。例如，他们在反复要求检查X线和CT时不断暴露于辐射中，频繁要求抽血可能导致贫血，疼痛患者可能会存在镇静、止痛药物滥用及成瘾性，甚至有少数MUS患者最终的死因不是症状本身，而是医源性伤害导致的严重并发症。医源性伤害尽管客观存在，不能消除，但只要医患双方积极合作，在建立和谐的医患关系基础上，早期识别并积极干预MUS，或可将这种伤害降低到最低限度。

5. 家人多看看，病好一大半

家庭是每个人生活的第一环境和终身环境，和谐的家庭环境是每一个人基本的生活需求。受述情障碍等潜在因素的影响，MUS患者不能向家庭成员表达自己的内心感受，在家庭内部比较压抑，从家庭成员那里得到的帮助和支持明显不足。同时，由于其频繁就诊、反复检查也可能给家庭带来经济负担。他们可能因遭到医生的冷遇而迁怒于自己最亲近的家人，也可能因诊断的不明确而变得郁郁寡欢，对生活产生厌倦，甚至有部分患者可能并发抑郁、焦虑等情绪问题，并由此导致自杀、自残等严重后果。此时，来自家庭的支持就显得十分重要。家庭成员的鼓励，能促使患者正视并勇于接受自己的问题，增加对治疗的依从性（图23）。

图23　家庭对MUS患者的支持

　　然而，患者的家属也可能会较为迷茫，他们当中的大多数人觉得除了带患者求治于更好的医院或专家，似乎并无更多的帮助途径。由于MUS患者的症状与心理因素、情感状态及人格特征等多种社会心理因素有关，寻求更好的治疗只是疾病向愈的很小一个方面。历史的经验告诉我们，患者家属可以扮演很多的角色帮助患者走向痊愈之路。

　　护士——关心、照料患者的生活。

　　医生——向患者讲解各种药物的作用，督促患者遵医嘱服药。

朋友——与患者诚恳地交换意见、讨论问题。

长者——迫使患者去完成那些他不愿做、却必须做的事，比如定时休息、生活自理、门诊复查、按时按量服药等。

♥ 6. 苏格拉底式诘问，认知治疗早知道

MUS患者症状表现丰富，痛苦体验真实，反复就医却深陷疾病的围城。殊不知，认知对于症状的发生、发展起着至关重要的作用。苏格拉底式诘问作为典型的改变认知的方法，能帮助患者走出绝对化、扩大化的世界，对身体体验到的不适能按照生物-心理-社会医学模式去理解，思维模式变了，对疾病的体验也会随之改变。苏格拉底式诘问的核心特点，即下面故事中所示：说出你自己的观点，并依照这种观点进行进一步的推理，最后引出矛盾和谬误，从而使你认识到先前思想不合理的地方，并由你自己加以改变。这种改变认识观念的方法随着社会的发展而不断演变，早已发展成为现在人们所熟知的认知疗法。

有一位年轻人，自我感觉很有才华，但在生活上遇到很多波折，于是，便觉得活着没有意义。有一天，他决定跳海，但他刚跳下去就被一个老渔民用渔网捞了起来。跳海都不能成功，年轻人很生气，并向老人诉说了他怀才不遇的苦衷。

老渔民听完，说道："哎呀，你今天遇到我，你运

气来了。我正好是治怀才不遇的专家，我帮你治治吧。"

年轻人很诧异，急忙问老渔民医治之法。

老渔民说："我有秘诀，如果你想知道，就必须答应我一个条件。"

老渔民说着，顺手从沙滩上拣起一粒沙子，往旁边一扔，说："年轻人，去把我刚才扔掉的那粒沙子拣过来，然后我就告诉你。"

年轻人听了很生气，说道："你想耍我呀？这么多沙子，我怎么知道哪粒是你扔掉的呀？"

老人听了，笑着说："别生气，我这还有个条件，如果你满足了我这个条件，我也告诉你。我这里有一颗珍珠，我把它扔到沙滩上，你去给我找回来。"

年轻人轻而易举地把珍珠拣了过来，交给了老渔民，并虔诚地说："老人家，我把珍珠拣过来了，可以告诉我秘诀了吧？"

老渔民一脸安详，说道："年轻人，秘诀我已经讲完了。"

这个故事告诉我们：有些人之所以有怀才不遇的感觉，是因为自己是浩瀚沙海中的一粒沙子，与旁边的沙子没有太大的区别；但如果自己是一颗珍珠，那么伯乐就会很容易发现。所以，我们不能改变事物的真实存在，但我们能改变对事物的看法。正如MUS患者，可能因为不能明确诊断而沮丧，也可能因为检查没有发现癌症而暗自庆幸。认知治疗作为一种重要的心理治疗方法，对MUS患者消除症状乃至疾病痊愈无疑会有重要的作用。

苏格拉底式诘问

一天，苏格拉底遇到了一个失恋的人。

苏格拉底问他："孩子，你为什么悲伤？"

失恋者说："我失恋了。"

苏格拉底"哦"了一下："这很正常呀，如果失恋了都没有悲伤，恋爱大概也就没什么味道。可是，小伙子，我怎么发现你对失恋的投入甚至比恋爱还要倾心呢！"

失恋者："到手的葡萄给丢了，这份遗憾，这份失落，您非个中人，怎解其中味啊！"

苏格拉底："丢了就丢了，何不继续向前走，鲜美的葡萄还有许多。"

失恋者愤怒地道："踩她一脚又如何？我得不到的东西别人也别想得到。"

苏格拉底："可这只能使你离她更远，而你本来不是想接近她吗？"

失恋者："那你说我该怎么办？我真的很爱她啊！"

苏格拉底："真的很爱？那你希望你爱的人幸福吗？"

失恋者："那是当然。"

苏格拉底问道："那如果她认为离开你是一种幸福呢？"

失恋者："不会的，她曾经对我说过，只有和我在一起时，她才会感到幸福。"

苏格拉底："你也说是曾经，曾经就是过去，可她现在并不这样认为。"

失恋者："这只能说她一直在欺骗我。"

苏格拉底："不，她一直对你很忠诚，当她爱你时，她和你在一起；现在她不爱你，她就离你而去，世界上再没有比这更大的忠诚，如果她不再爱你，却假装对你很有情意，甚至跟你结婚生子，那才是真正的欺骗呢！"

……

本讲小结

MUS发病机制尚不清楚，目前通常认为与生物、心理、社会及人格等多种因素有关。某些情况下，如先天的性格基础或后天抚养方式、教育水平及经济水平、应激源等对疾病的发生和症状的发展均可产生重要的影响。这类患者往往多种检查无阳性发现，而患者确实存在难以忍受的痛苦，常自己认为是"疑难杂症"或是"不治之症"，辗转于很多科室，使用多种治疗方法收效甚微。部分患者与"恐癌"心理有关，担心自己患某种癌症，无论进行何种检查或医生如何解释，仍不能完全打消其疑虑，患者甚至认为医院水平不高。

临床上，MUS症状涉及身体的任何系统，其严重程度、持续时间呈连续谱分布。需要注意的是，许多器质性疾病的临床表现与MUS相似，很容易误诊，需由经验丰富的专家逐一加以排除。对于MUS的表现，我们既不能掉以轻心，也不要过分紧张，详细检查是非常必要的。一旦明确诊断后，给予适当的心理和药物治疗，一般收效明显。

案例扩展

为情所困的腰痛

患者程女士，40岁，汉族，高中文化，公司财务主管。因"间断头昏、脖子酸痛伴腰痛十余年"来诊，确诊为"医学难以解释的症状"，系统治疗1年后症状大部分改善。

据了解，此前患者已经在多家医院就诊，排除肿瘤等恶性病变，曾被诊断为"后循环缺血""椎基底动脉供血不足""椎间盘突出症""骨质增生"等，但反复多次检查却未发现明确的器质性病变。上述症状反复出现，以情绪激动或疲倦时明显加重，不发作时能正常上班、工作及生活。

最近一次是今年7月份，患者和丈夫前往乡下某村医那里看腰痛病，因听说那村医治腰痛效果很好。在乡下呆了十几天，由于生活习惯不同，连续五六天都没有睡好；加之，天天打针吃药，浑身瘫软无力，感觉腰痛非但没有见好，反而越来越差，于是中断治疗回家，自行服用安眠药，睡眠改善后上述症状渐渐减轻。

进一步追问患者患病经过。十几年前，患者在乡下的老家，丈夫在城里上班。一天，她偶然想和丈夫开一个玩笑，因为那时候电话好像没有来电显示，她就假装一个女孩的声音问丈夫："你怎么还没有到呢？"谁知道丈夫回答："马上就到"，她一听马上就怀疑丈夫在与别的女人约会了。随后情绪失控，并和丈夫大闹一场。自那之后，就逐渐出现了头昏、脖子酸痛及腰痛等症状，但又认为与坐月子的时候没按照习俗待在床上有关。

后来，患者夫妻二人开始下海经商，生意越做越好。2010年某次谈生意期间，无意间发现丈夫和女客户有暧昧表现，程女士再次大闹一场后腰痛、头昏再次发作，严重时甚至不能下床，需要他人扶持行走，多次去医院就诊，均未发现严重的躯体问题。医生劝她放下压力，休息一下，在家休息3个月后程女士症状渐渐改善。

案例评析：

对于此类患者，目前现代医学越来越提倡用医学难以解释的症状（MUS）这个中性、相对客观的诊断，它主要是指将心理困扰采用躯体或生理障碍的形式表达出来的精神障碍。患有MUS的人往往存在一些身体上的症状，比如胃疼、呼吸问题等，或者忽然丧失了听、走的能力，甚至如案例中的程女士在遭遇到家庭关系问题后甚至不能下床走路，但反复的实验室及器械检查却找不到解释其症状的器质性病因。这个诊断，既考虑了症状的社会心理背景，又没有完全将器质性疾病排除在外。"医学不能解释的症状"要求临床医生在全面评估患者躯体问题的同时注意可能影响症状发生、发展的心理、人格等相关因素，动态观察疾病发展过程，但避免过度检查等医源性损伤，是从心身两个方面力求患者利益最大化的处理态度。

某些观点认为，一些潜在的机制能使MUS患者感受到，生病能够得到重要的人的关注、照顾，并可以承担更少的社会责任，这在医学上称之为"继发性获益"。因此，这类患者可能无意识地期待得到生病带来的好处，继而产生或维持这些医学不能解释的症状。需要说明的是此类患者并非狡猾地装病以博得同情，他们不是有意识地寻求生病的好处，相反，他们遭受着非常严重而真实的痛苦，忍受着焦虑和恐惧的折磨，他们真诚地相信自己确实生病，即使相应的身体检查并没有提供证据。

对于这类患者，应同内科建立联系，在充分的检查及随诊，排除器质性病因的基础上，进行系统的精神科诊疗，如抗焦虑、抗抑郁药物治疗，规范的心理治疗及放松训练、行为治疗等，将会带来显著的症状改善及社会功能恢复。

第六讲

中医"把脉"躯体
形式障碍

受生物医学模式的影响，人们往往习惯于认为"病-症"之间是一一对应的关系，而在躯体形式障碍患者身上，以现有的医学科学技术水平和手段，常常找不出这样的规律。然而，运用中医学的思想，采用"取类比象"的方法加以解读，则会使得该内容通俗易懂，同时也很好地回避了患者不愿接受心理学解释的事实。从而有利于治疗关系的建立与稳固，增加了患者对治疗的依从性。

应该说，用天然、淳朴、亲民的中医语言与躯体形式障碍患者进行沟通只是中医优势的部分体现。中医学还有系统的"形神合一""司外揣内"及"情志致病"等多种理论能对躯体形式障碍进行系统的阐述及解读。

下面，我们来看看中医学对躯体形式障碍的认识。

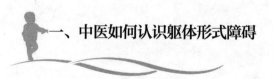

一、中医如何认识躯体形式障碍

知其内者，当以观乎外；诊于外者，斯以知其内。该有诸内者形诸外。

——《丹溪心法》

1. 形神合一——躯体与情志同病的中医整体观

"形神合一"理论是中医学重要的学术思想之一，也是整体观念的内涵之一。形与神是生命运动中矛盾的两个方面，二者形成相互依存的统一整体。中医学认为，生命必须包括"形和神"两个方面，当身体患病时，其病理表现不仅表现在脏腑、皮肉、筋骨等形体方面，也在神、魂、魄、意、志等精神意识思维活动方面有所反映。对于躯体形式障碍患者，其外在表现是躯体上的各种症状，但却反映了其内在的情志病因及相应的脏腑功能变化。当然，形神合一的理论非中医学所独有，从医圣希波克拉底到近代的赫尼曼医生、巴哈医生，也都非常注重形神一体的观念。

形神合一的整体观念在我们中国文化中非常容易理解，生病卧床不起时，除了食欲上（在外属脾）表现出没有胃口，吃什么都不香，也会在情绪上（在内属肝）表现出唉声叹气，甚至沉默不语等相对应的改变。反之，当我们罹患抑郁障碍这种情志疾病时，尤其在中国传统文化的影响下，我们通常只是表达"容易疲倦、胃口差、睡不着觉及腰酸背痛"等身体上的不适。而通过"形神合一"的理论，我们很容易了解到其"情绪抑郁"的核心本质，相似的道理也发生在躯体形式障碍这种情志疾病上。"形神合一"的中医理论告诉我们：身体上的不舒服，是身体不健康的警示——它既可能是躯体的

"硬件"出了问题，有时更可能是情绪等"软件"出了问题，而后者是我们通常难以察觉并容易忽略的。

2. 情志致病——从中医情志理论看躯体形式障碍

人们在长期的生活实践和医疗活动中，早已认识到情志是导致疾病的重要因素之一，情志异常除了可以直接伤神导致精神异常，出现抑郁焦虑等情绪问题，也可导致脏腑气机功能紊乱，从而出现躯体上的不适。我们觉察到躯体不适时，除了找器质性原因，也应该重视情绪、人际关系及处事风格等，这些都与疾病的发生、发展密切相关。而躯体形式障碍这种疾病是情志致病最典型的例子。下面我们通过具体的例子来看看，情绪如何导致身体上的不舒服。

以"怒伤肝"为例，中医学认为"肝属木，主疏泄，喜条达"，因情绪过度暴怒导致肝气失于条达，疏泄功能失常，则可见身体各个系统的不舒服。如肝气上逆，血随气逆，可出现面红耳赤，青筋怒张，横眉张目，头痛脑胀，甚至眩扑厥倒；如肝气横逆则可见胸满胁痛、纳呆、呕逆，甚则肝气上逆可发为嗳气、呕吐、晕厥、不省人事；如气逆化火则见眩晕口苦、惊悸抽搐；如肝郁日久可变证丛生，如气滞血瘀诸症。

3. 司外揣内——从外在表现看情志内伤

中医学认为人体是一个有机整体，体外与体内有着密

144

切的联系。疾病发生时，其本质（内部证候）会通过现象（外部证候）表现出来，即《丹溪心法》所言"有诸内者，必形诸外"。《灵枢·本藏》亦认为"视其外应，以知其内脏，则知所病矣"，说明脏腑与体表是内外相应的。观察外部的表现，可以测知内脏的变化，从而了解疾病发生的部位、性质。认清内在的病理本质，便可解释显现于外的症状，这就是"司外揣内"的理论来源。作为一种临床上常用的诊断方法，中医医生常常利用"望、闻、问、切"四诊中的"望诊"收集外在表现与临床有关的资料，并结合其他资料来诊断患者的病理证候。

一名50岁的患者来诊，通过"望诊"其外在表现，我们可以收集到其神疲，垂头，眼睑下落，皮肤无光泽，稍驼背，声低，语迟。中医理论认为眼睑为肉轮，属脾，眼睑下落则多为脾气虚。脾主运化，有运化食物中的营养物质和输布水液以及统摄血液等作用。脾虚则运化失常，出现食欲不振，肢体倦怠，神疲乏力，少气懒言等表现，声低、语迟也符合脾气虚表现，这些表现通过问诊得以验证，进一步了解可知，患者为公司老总，工作压力大，常常加班至深夜，饮食失节，劳心劳神。根据中医"思虑伤脾"，知该患者表现在外在的为"眼睑下落"，而表现在内在脏腑功能的是"脾虚"，究其病因则与饮食失节、思虑伤脾有关，再根据其他四诊资料及舌、苔、脉象，临床诊断为"郁病"，也就是西医学所称的"抑郁障碍（抑郁症）"。

二、从生活中"品味中医"

1. 气得我肝儿痛——"怒伤肝"的中医策略

　　在现实生活中，或在各类影视剧或真人秀中，我们通常可以看到这样的桥段：一对年轻夫妇吵架，女方被骂之后哭哭啼啼，手捂着肚子做疼痛状，并低头、弯腰走向沙发坐下。男方询问："怎么了？"女方则答道："你气得我肝儿痛"。对此中医学理论中有非常经典的论述。怒则气上，怒动于心则肝应之，肝气失于疏泄，横逆于胁则可见胁肋部疼痛。当然，根据中医学理论，肝气受损的症状不仅限于肝本身，也可以出现在其他部位，如消化系统的呕吐，神经系统的头痛、头胀，心血管系统的心悸、胸闷等。

　　通过上面的阐述，我们知道，过度地发脾气不仅不能有效地解决问题，还可能给身体带来伤害。中医学不仅对这种怒伤肝的表现有深刻的认识，也提出了卓有成效的解决办法。中医学利用"悲胜怒"和"悲则气消"的原理，提出悲哀疗法，医者有计划地采取一定强度的治疗手段，有目的地使患者产生悲哀情绪，借以治疗情绪激动、神情不安一类情志疾病的方法。该疗法具有收摄阳气、镇静神情、稳定情绪的作用。

2. 范进中举——"喜伤心"的中医策略

"范进中举"是《儒林外史》中我们都熟知的著名桥段，生动地描述了穷书生范进生活中遭到岳父的种种刁难和唾骂，在得知自己中了举人之后喜极而疯的悲剧。艺术源自生活，这个桥段除了达到讽刺的艺术效果，也提示我们情绪过激可以导致精神异常。中医学认为喜则气缓，过度狂喜会致心气涣散、心神失守。主要表现为精神情绪不稳定，时喜时泣，若心神逆乱可见喜极而狂，正如书中所描述的范进的言行。当然心气虚弱除了出现上述精神异常，也可出现自汗、失眠、周身软弱无力等症状，这也是情志所伤导致躯体不适的表现。

中医学利用"恐胜喜"的原理，提出恐疗。元代医家朱丹溪认为恐疗是借助"恐则气下"之功力，压抑其太过的不良情绪，并提出"以恐胜之，以恐解之"。在心理活动过程中，有的人对高兴的事情兴奋不已，难以自控，如用惊恐疗法，常能立即收效。如《拙盒馈记》中描述：王驼凭空发财后因大喜伤心，而发为狂，当时的医家认为当宜治心，故称黄金乃为紫铜一堆，使之思之，愧其愚笨而使其病愈。此时恐已作为药，似清凉之剂，如梦中惊醒而愈喜病。

3. "鸭梨山大"时没胃口——"思伤脾"的中医策略

小高是一名优秀的IT男，在一家大型企业有一份令人美慕的工作，最近一年随着公司上市进程加快，他的工作也变得越来越忙碌。不幸的是，经常自叹"鸭梨山大"的他发现，越忙、压力越大时胃口越不好，食欲差，饭量少，有时候勉强吃下去后则饱胀、打嗝、反胃、恶心。去消化科就诊，还做了胃镜却没有发现问题（图24）。

图24 "鸭梨山大"的小高

百思不得其解的小高去寻求中医的帮助，中医给出了这样的解释：脾胃主管食物的消化、吸收和运输，胃口不好是脾胃虚弱的表现，虽然检查没有发现器质性病因，但中医非常重视情志致病的因素。"思伤脾"是脾胃虚弱常见的原因，小高因工作劳累、思虑过度而影响脾胃功能，表现出胃口差，饱胀、打嗝、反胃、恶心等消化道症状。典型的脾虚证候，还可见脘腹痞满、便溏、倦怠乏力、不思食、胁痛、胸膈烦闷、善太息等。

中医对于忧虑伤脾导致脾虚的患者，除了用山药、白术等健脾补虚的中药治疗外，还根据"怒胜思"的治疗原则提出"怒疗"中医心理疗法。怒疗方法有语言激怒和行为激怒两种，应用时要事先设计，安排周密，并征得患者亲属同意。方法是采用患者最不爱听的语言(如不讲道理、不尊重事实、挖苦、讽刺、诽谤等)或采用触怒患者的行为，使患者大发脾气来产生治疗作用。要注意做好后续治疗工作，并注意平素肝阳偏亢，肝火易升以及心火旺盛之实证应禁用怒疗。

❤ 4. 多愁善感的林黛玉"吐血而亡"——"忧伤肺"的中医策略

《红楼梦》作者曹雪芹生动地描述了当林黛玉美妙的"木石前盟"成为泡影，其心如刀割，泪尽而干，吐血而亡的经典桥段。对于林黛玉死亡的原因，后世有不同的认识，并由此诞生了专门研究《红楼梦》的"红学"学派。在中国古代阴阳五行学说中，有学者认为林黛玉西边出场，西边的"西"字暗指"西方金"，"金"代表西方秋天，"秋金"在人体主"肺"，"肺主气思呼吸"；在情志主"悲"。因此，安排林黛玉从西边"秋金"位出场，因"悲则气消"而表现出心境凄凉，叹息不已，愁眉不展，面色惨淡，时泪涌而泣，最后因"肺主呼吸"死于肺结核吐血而亡。

《黄帝内经》提出"喜胜忧（悲）"之说，其认为喜乐疗法具有"喜则气和志达，营卫通利"的作用，可以解除和治疗忧愁抑郁者气机不畅之证。喜疗的方法很多，如通过语言交流（如相声、故事、笑话、喜剧小品、电影、电视等）引起患者心中喜乐甚至发笑之法最为常用。临床上，无论采用哪种方法，医护人员都要与被治疗者建立融洽的关系，关心、体贴患者，善于运用语言工具、各种设施，创造良好的喜乐环境，这是一种应用最广、最多的以情胜情法。

♥ 5. 你有被"吓尿"么——"恐伤肾"的中医策略

电影里我们常会看到这样的情景，路遇持刀劫匪，有人不仅将所有钱物如数奉上，还被吓得小便失禁，我们也经常开玩笑说自己"吓尿了"。惊吓的直接情绪反应便是恐惧，作为一种情绪反应，恐惧时为何会控制不住小便？中医学认为恐为肾志，过于恐惧时肾气不固，若气陷于下，则见下焦胀满，甚至二便失禁。同时，若胸中空虚，心无所主，则见心慌、胸闷、惊悸；若肾虚不固则见遗精阳痿及宫冷带下。

根据《黄帝内经》思胜恐的认识，引导患者对有关事物进行思考，以解脱和对抗另一种病态情绪，达到身心康复的目的，这种治疗方法称为思疗。思是思想、思考之意；思则气结，可以收敛涣散、逆乱之气。如《愚庐随笔》记载，一孩童拔了神像的一根胡子，被信神的母亲吓唬，甚为恐惧，由恐惧而生寒噤，气积便发热。

医生认为此病不在于治疗发热，而在于治恐惧，故采用思疗，晓之以理并再次拔了神像一根胡须解除了孩童的恐惧心理，其病自愈。

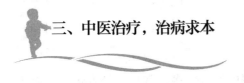

三、中医治疗，治病求本

1. "辨证论治"之巧用中药、针灸两大法宝

躯体形式障碍临床表现复杂多样，不同的患者表现千差万别，"治病求本"要求中医能充分认识疾病的本质即"证候"，通过抓主要"证候"指导疾病治疗是中医最典型的特色与优势。体现其辨证最典型的表现是，中医认为临床症状表现不同的患者，在其疾病发展过程中可能出现同样的证型而采用同样的治疗方案，中医称之为"异病同治"。如患者A表现出嗳气、腹胀、胁肋部疼痛，患者B表现出头胀、头昏沉感及月经不调等症状，两个风马牛不相及的系统临床表现却可能得出相同的证候——肝郁气滞，而最终予以相同的方剂柴胡疏肝散治疗。目前对躯体形式障碍的中医辨证论治尚缺乏统一的认识。有研究显示，超过半数的患者都存在肝郁的症状，肝郁气滞、肝郁化火、肝郁脾虚、肝郁痰阻以及肝肾阴虚等为主要证候类型。但无论其临床表现有多么复

杂，只要把握中医的"证"便可对症下药。

根据辨证所得的证候类型遣方用药才是治疗疾病的直接手段。平时运用最广泛、也是最受患者欢迎的中药和针灸，两者各有所长，可简单地区分为中医内治法和外治法，运用何种疗法可取决于医生的熟练程度或患者的接受程度，两者也可以同时使用达到协同起效的目的，尤其对躯体形式疼痛障碍两者合用疗效尤佳。目前中药治疗躯体形式障碍的经方较多，常见的经方包括柴胡疏肝散、丹栀逍遥散、百合地黄汤、奔豚汤、甘麦大枣汤等。常见的针灸方法包括针刺、艾灸、电针等，常见的穴位包括足三里、三阴交、百会、四神聪、印堂、神门等，医生会根据具体证候辨证选取。

2. "解铃还需系铃人"之中医心理疗法

中医学历来重视心理因素在疾病发生、发展及预后中的作用，早在上古时期医巫混合的年代里，就开始应用占卜、祈祷等方法诊疗疾病，已包含了原始的心理治疗成分。随着认识的不断发展，中医学逐渐剔除了唯心主义的糟粕，创立、积累了许多心理治疗的科学方法。中医心理治疗方案多具有独特的本土文化亲和力，易于操作，可以融入到临床治疗的方方面面。

躯体形式障碍患者常因丰富多变的躯体症状而反复就医，试图查找病因并解除躯体症状的痛苦，但由于认识的参差不齐，一些医生或是觉其找不到器质性病因便认为没病而草率回复患者；或将之完全归咎于心理疾病而常遭到患者的否认、排斥，进而导致治疗的依从性差。中医学在整体观念的指导下，能用通俗易懂的语言解释躯体形式障碍，并从形神合一角度解释其外在的躯体表现和内在的心理归因，具有独特的本土文化亲和力。随着认识的逐渐深入，中医学也逐渐总结出一些对躯体形式障碍有针对性的心理治疗方法，对疑病症的破疑解惑、顺情从欲、暗示开导等，对人格问题较突出的气功导引，心理因素明显的以情胜情的治疗方法等。

3. "药补不如食补"之中医食疗法

中医食疗法有着悠久的历史，利用食物（谷、肉、果、菜）性味方面的偏颇特性，有针对性地用于某些病证的治疗或辅助治疗，调整阴阳，使之趋于平衡，有助于疾病的治疗和身心的康复。食疗对于躯体形式障碍患者的好处：其一，由于食疗的亲民特征，使得医生同躯体形式障碍患者之间有了沟通的桥梁，保证医生能从患者饮食、生活、工作、家庭及人际关系等多个方面全面评估躯体形式障碍患者的社会心理因素；其二，食疗让患者主动加入治疗联盟中，而非单纯要求患者被动服药，提高其治愈疾病的主观能动性；其三，通过辨证论治，中医食疗可利用一些药材或食材的性味归经特性（表6），调整患者偏盛或偏衰的方面，以达到阴平阳秘、精神乃治的最终目标（图25）。

图25 "药补不如食补"之中医食疗法

表6 常见食材的寒凉属性（供参考）

温性食品	平性食品	凉性食品
1. 肉类：鹿肉、羊肉、牛肉、狗肉、麻雀、黄鳝、鲤鱼、鲢鱼、虾类、海参、带鱼、羊奶	1. 肉类：猪肉、牛奶、鸭肉、鸡肉、鸡蛋黄、龟肉	1. 肉类：穿山甲、兔肉、水蛇、蟹
2. 内脏类：羊肾、羊肚、羊心、猪肝、鸡肝	2. 内脏类：牛肝、牛肚（胃）、猪心、猪肾、猪肚	2. 内脏类：猪胆、猪肠、猪脑、兔肝
3. 谷类：糯米、饭焦、麦片、刀豆	3. 谷类：芝麻、红豆、黄豆、扁豆、赤小豆、玉米、大米	3. 谷类：绿豆、薏米、粟米、小麦、豆腐
4. 果类：荔枝、桃子、核桃、木瓜、杨梅、石榴、松子、金橘、龙眼肉、粟子、甜橙	4. 果类：葡萄、菠萝、椰子、无花果、柠檬、橄榄、李子	4. 果类：西瓜、柿子、香蕉、苹果、芒果、桑葚
5. 菜类：韭菜、芥兰、大头菜、藕（熟）南瓜	5. 菜类：芹菜、土豆、芋头、菜心、木耳、胡萝卜	5. 菜类：黄瓜、冬瓜、丝瓜、苦瓜、茄子、白萝卜、白菜、菠菜、生藕、通心菜、生菜
6. 其他：生姜、大蒜、豆豉、葱、酒、醋、咖啡、大枣	6. 其他：百合、莲子、向日葵子、花生、冰糖	6. 其他：食盐、酱、草菇、发菜、麻油

4. "法于阴阳"之中医养生法

中医养生是指通过各种方法颐养生命、增强体质、预防疾病，从而达到延年益寿的一种医事活动。所谓"说七情，和悦人生"，就是通过避免七情过度而导致的各种疾病，这是中医养生之道的重要内容。孙思邈在《千金要方》中提出摄生十二少，即：少思、少念、少欲、少高、少语、少笑、少愁、少乐、少喜、少怒、少好、少恶，并说："此十二少者，养性之要契也。"这十二少中，对于情绪的调摄占了绝大部分。可见，调摄七情，保持体内阴阳平和对身体健康具有很重要的作用。这种情志养生法能充分照顾到躯体形式障碍患者外在的躯体症状和内在的情绪归因，是对药物、针灸、心理疗法三大疗法之外有益的补充。

另外一种重要的养生方法就是运动养生。其以养精、练气、调神为运动的基本特点，强调意念、呼吸和躯体运动相配合。其中，太极拳以中国传统的太极、阴阳辩证理念为核心思想，集颐养性情、强身健体、技击对抗等多种功能为一体，结合中医经络学形成的一种内外兼修、柔和、缓慢、轻灵、刚柔相济的汉族传统拳术，号称"东方瑜伽"，习练者针对意、气、形、神的锻炼，非常符合人体生理和心理的要求，对疑病症、躯体形式疼痛障碍等有显著的疗效。

四、中医常见情志病的治疗

1. 郁病

故人身诸病，多生于郁。

——《丹溪心法》

郁病是由于情志不舒、气机郁滞所致，以心情抑郁，情绪不宁，胸部满闷，胁肋胀痛，或易怒欲哭，或咽中如有异物梗塞、失眠等表现为特征的一类疾病，常因情志不畅，气机郁滞而成。

郁病的病因是情志内伤。其病机主要为肝失疏泄，脾失健运，心失所养及脏腑阴阳气血失调。郁病初起病变以气滞为主，常兼血瘀、化火、痰结、食滞等，多属实证。病久则易由实转虚，随其影响的脏腑及损耗气血阴阳的不同，而形成心、脾、肝、肾亏虚的不同病变。

［基本治则］理气开郁，调畅气机，怡情易性。

［典型证候］肝气郁结。

［症状］精神抑郁，情绪不宁，胸部满闷，胁肋胀痛，痛无定处，脘闷嗳气，不思饮食，大便不调，苔薄腻，脉弦。

［治法］疏肝解郁，理气畅中。

［方药］柴胡疏肝散。

本方由四逆散加川芎、香附、陈皮而成。方中柴胡、香附、枳壳、陈皮疏肝解郁，理气畅中；川芎、芍药、甘草活血定痛，柔肝缓急。胁肋胀满疼痛较甚者，可加郁金、青皮、佛手疏肝理气。肝气犯胃，胃失和降，而见嗳气频作，脘周不舒者，可加旋覆花、赭石、苏梗、法半夏和胃降逆。兼有食滞腹胀者，可加神曲、麦芽、山楂、鸡内金消食化滞。肝气乘脾而见腹胀、腹痛、腹泻者，可加苍术、茯苓、乌药、白豆蔻健脾除湿，温经止痛。兼有血瘀而见胸胁刺痛，舌质有瘀点、瘀斑者，可加当归、丹参、郁金、红花活血化瘀。

［耳穴］

取穴　心、皮质下、枕、脑点、肝、内分泌、神门。

方法　常规消毒患者耳郭，以王不留行籽对准穴位贴压，在贴压部位按压数秒钟，使患者获得热、胀、痛等感觉，用胶布将王不留行籽固定于穴位之上。嘱患者每日自行按压3～4次，每次3～5分钟。每次贴压6～8穴，双耳交替选用。每隔3日更换贴压物，5次为1个疗程。

2. 奔豚病

气从少腹上冲胸咽，发作欲死，复还止。

——《金匮要略》

奔豚全称"奔豚气"，又名"奔肫""贲豚""贲豚气"等，是一种发作性病证。发作时患者自觉气从少腹或小腹或脐下直达胃脘，上冲胸咽，上下窜逆，如豚之奔鼠之窜，烦乱难忍，发作休止时则一如常人。

奔豚的主要病因是情志刺激，主要病位在心肝脾肾。涉及的病机有肝郁化火气冲，心肾阳虚饮逆，或脾虚痰浊上冒，或肝肾阴虚气逆，或素有寒饮留蓄下焦，复因七情刺激，夹冲脉之气上逆。凡此种种均可引起奔豚。病变多以虚实夹杂为主，虚以阳虚为多，间亦可有气虚、阴虚；实以水饮内停为主，间亦可有气郁、痰郁。病初虚实夹杂，病久则虚多实少，形成心肝脾肾等虚弱病证。

［基本治则］平冲降逆，怡情畅志。

［典型证候］肝郁气火冲逆。

［症状］平素性急易怒，多思善虑。发作时气从少腹或小腹上冲胸咽，痛苦不堪，止后则如常人，反复发作；伴口苦，咽干，腹胀或腹痛，或往来寒热；舌红苔黄，脉弦。

［治法］疏肝清热，养血平冲。

［方药］奔豚汤。

方中萎根、白皮专治奔豚气，《名医别录》载其大寒，止心烦，奔豚气逆，配黄芩、葛根，苦泻降火平肝，尤宜奔豚属肝郁化火者；当归、川芎、芍药养血柔肝敛肝，以遂肝之体熄郁火之源；半夏、生姜和胃降逆；芍药、甘草缓急止痛。寒热往来者加柴胡配黄芩，取和解少阳之意；冲逆频繁者，加生龙骨、生牡蛎、生赭石重镇平冲；心烦失眠、噩梦纷纭者，加远志、酸枣仁、百合、生地养心安神。病情缓解后，可用逍遥散，百合地黄汤和六味地黄加减善后。

［体针］

取穴　中脘、天枢、膻中、太冲。

随症配穴　肝郁气冲者，加阳陵泉、期门；脾虚者，加脾俞、足三里，灸中脘；阴虚者，加太溪；阳虚水盛者，加肾俞、阴陵泉、水分，重灸神阙。

方法　毫针刺，补虚泻实，每日1次，每次留针30分钟，虚证可加灸，10次为1个疗程。

［耳穴］

取穴　取肝、肾、心、脾、三焦、神门。

方法　常规消毒患者耳郭，以王不留行籽对准穴位贴压，在贴压部位按压数秒钟，使患者获得热、胀、痛等感觉，用胶布将王不留行籽固定于穴位之上。嘱患者每日自行按压3～4次，每次3～5分钟。每次贴压6～8穴，双耳交替选用。每隔3日更换贴压物，5次为1个疗程。

3. 核梅气

　　妇人咽中如有炙脔，半夏厚朴汤主之。

　　　　　　　　　　　　　　——《金匮要略》

梅核气是以咽喉中感觉异常，自觉咽中如有异物梗阻，状如梅核，咯之不出，吞之不下，但饮食无碍，吞咽正常为特征的病证。属于典型的医学不能解释的症状。

情志刺激是本病的主要原因，而性格内向是发病的体质因素。情志所伤加之性格内向，则肝失条达，气郁气滞，脾失健运，聚湿生痰，气滞痰阻，肺胃宣降失常，痰气互结于咽喉而发本病。本病病位在肝、脾（胃）、心、肺。初起病变多以肝郁为主，常兼化火、瘀血、犯胃、乘脾，多属实证。病久则易由实转虚，随影响的脏腑及损耗气血阴阳的不同而形成诸虚病变。

［基本治则］疏肝理气，化痰散结，移情易性。

［典型证候］气滞痰阻。

［症状］咽部异物阻塞感，伴有精神抑郁，纳呆呃逆，咳吐痰涎，胸闷胁痛，叹气则舒，病情常随情绪变化而波动，舌苔白腻，脉弦滑。

［治法］化痰散结，行气开郁。

［方药］半夏厚朴汤加减。

方中半夏化痰散结，降逆和胃；厚朴行气开郁，下气除满；茯苓渗湿健脾以化痰；生姜辛散温行，和胃止呕；苏叶行气宽胸，宣通郁结之气。诸药合用，可达化痰散结，行气开郁之功。正如《医方集解》所说："气郁则痰聚，故散郁必以行气化痰为先"。咽部不适较重的，可加桔梗、射干利咽散结；气郁较甚的，可酌加香附、郁金以增加行气解郁之功；胁肋疼痛者可加川楝子、玄胡以疏肝利气止痛。

［体针］

治法　行气活血，解郁化痰，清利咽喉。

主穴　廉泉、天突、膻中、内关、丰隆、太冲。

配穴　肝热型加刺行间。阴虚型加刺太溪或复留。痰湿型加刺中脘、阴陵泉。肝气郁结者加阳陵泉。肝木乘脾者加脾俞、足三里。

操作方法　诸穴均中、强刺激，除太溪、复溜、脾俞、足三里用补法外，其余皆用泻法，留针20分钟，廉泉不留针，诸穴不灸，隔日针一次。

［耳穴］

取穴　咽喉、食管、气管、皮质下、三焦、肝、脾。

方法　常规消毒患者耳郭，以王不留行籽对准穴位贴压，在贴压部位按压数秒钟，使患者获得热、胀、痛等感觉，用胶布将王不留行籽固定于穴位之上。嘱患者每日自行按压3～4次，每次3～5分钟。每次贴压6～8穴，双耳交替选用。每隔3日更换贴压物，5次为1个疗程。

4. 脏躁

妇人脏躁，喜悲伤欲哭，像如神灵所作，甘麦大枣汤主之。

——《金匮要略》

脏躁，系指一过性精神障碍病症，以青壮年妇女较为多见。多因精神刺激因素或不良暗示的影响而骤然发作哭笑无常，呵欠频作，精神恍惚，不能自控，甚或语无伦次，烦乱如狂等症状，一俟情绪得以发泄后，即能渐次平复，一如常人，且无后遗症状。发病与精神因素密切相关，可出现遗忘、肢体瘫痪等转换症状，躯体检查无器质性病变之基础，符合医学不能解释症状的特点。

脏躁的病位在心，由于心神失养或心神被扰所致。其发病与肝肾亏虚，先天禀赋不足，产后、病后失血体虚及情志因素等有密切关系。脏躁虚证的主要病机，多因心血亏虚、肝肾阴虚、心脾两虚致心脉空虚，心神失养，心神不安；实证多由肝郁气滞化火，或痰气内扰、神动气乱所致。

［基本治则］养心安神。

［典型证候］心血亏虚。

［症状］精神不振，或情志恍惚，或情绪激动，无故悲伤，不能自控，或哭笑无常。同时伴有心中烦乱，睡眠不安，心悸神疲，口干，大便干结，舌质红或嫩红，脉细数或细弦。

［治法］养心安神。

［方药］甘麦大枣汤加酸枣仁、龙眼肉、合欢花。

甘麦大枣汤由淮小麦、甘草、大枣三味药组成。方中小麦养心，甘草、大枣润燥缓急，补中健脾以资气血之源，并以甘平之味宁心安神。加入酸枣仁、龙眼肉、合欢花三味，共奏养心安神之功。

　［体针］

　主穴　膈俞、肾俞、心俞、内关、三阴交。

　随症选穴　神志朦胧加人中、中冲；四肢震颤加太冲、阳陵泉；木僵加百会、大陵；口噤加合谷、颊车；呃逆加中脘、足三里；失语加通里；耳聋加听会、中渚。

　操作方法　针宜补法。

　［耳穴］

　取穴　心、皮质下、枕、脑点、肝、内分泌、神门。

　方法　常规消毒患者耳郭，以王不留行籽对准穴位贴压，在贴压部位按压数秒钟，使患者获得热、胀、痛等感觉，用胶布将王不留行籽固定于穴位之上。嘱患者每日自行按压3～4次，每次3～5分钟。每次贴压6～8穴，双耳交替选用。每隔3日更换贴压物，5次为1个疗程。

5. 痞满

但满而不痛者，此为痞。

——《伤寒论》

　痞满是指心下痞塞、胸膈满闷、触之无形、按之柔软、压之不痛的证候。是由外邪内陷，饮食不化，情志失调，脾胃虚弱等导致中焦气机不利，或虚气留滞，升降失常而成的胸腹间痞闷满胀不舒的一种自觉症状。胃痞的病变部位在胃脘，病变脏腑在脾胃。

病机关键是中焦气机阻滞，升降失职。胃痞的成因有虚实之分，实即实邪内阻，包括外邪入里，食滞中阻与痰湿阻滞；虚即中虚不运，责之脾胃虚弱。实邪所以内阻，多与中虚不运，升降无力有关，反之，中焦转运无力，最易招致实邪的侵扰，两者常常互为因果。

［基本治则］实者泻之，虚则补之。

［典型证候］痰湿内阻。

［症状］脘腹痞满，闷塞不舒，胸膈满闷，头晕目眩，头重如裹，身重肢倦，咳嗽痰多，恶心呕吐，不思饮食，口淡不渴，小便不利，舌体胖大，边有齿痕，苔白厚腻，脉沉滑。

［治法］除湿化痰，理气宽中。

［方药］二陈汤。

方中苍术、半夏、燥湿化痰，厚朴、陈皮宽中理气，茯苓、甘草健脾和胃，共奏湿除痰化、气顺痞开之功。可加前胡、桔梗、枳实以助化痰理气。若胃气虚弱，痰浊内阻，气逆不降，而见心下痞硬，噫气不除者，可用旋覆代赭汤益气和胃，降气化痰。还可辨证选用二陈汤、甘遂半夏汤，三仁汤等。

［耳穴］

取穴　肝、脾、胃、皮质下、内分泌、神门。

方法　常规消毒患者耳郭，以王不留行籽对准穴位贴压，在贴压部位按压数秒钟，使患者获得热、胀、痛等感觉，用胶布将王不留行籽固定于穴位之上。嘱患者每日自行按压3～4次，每次3～5分钟。每次贴压6～8穴，双耳交替选用。每隔3日更换贴压物，5次为1个疗程。

附　录

躯体形式障碍相关
评定工具

附　录　一

最近 7 天躯体形式症状量表（SOMS-7）

指导语：以下列举的是各种躯体不适，请指出您最近7天里面是否有下列症状。

（1 ~ 47适用于全部受试者）	15．呃逆
1．头痛	16．食物不耐受
2．腹痛	17．食欲减退
3．背痛	18．味觉减退或舌苔厚
4．关节痛	19．口干
5．四肢痛	20．反复腹泻
6．胸痛	21．肛门滴沥
7．肛周痛	22．尿频
8．性交痛	23．肠蠕动增加
9．尿痛	24．心悸
10．恶心	25．胃潮热
11．腹胀	26．出汗
12．心前区痛或不适	27．脸部潮红
13．呕吐（排除妊娠）	28．呼气困难
14．胃食管反流	29．呼吸困难或高通气

30. 过度劳累	43. 双目盲
31. 肤色加深或变浅	44. 耳聋
32. 性冷淡	45. 痫性发作
33. 外生殖器或周围不适	46. 健忘
34. 平衡功能减退	47. 意识丧失
35. 偏袒	（48~52适用于女性）
36. 吞咽困难或眼部梗阻感	48. 经期痛
37. 失声	49. 月经不规律
38. 尿潴留	50. 月经过多
39. 幻觉	51. 妊娠期反复呕吐
40. 触觉或疼痛感减退	52. 阴道分泌物过多或过少
41. 麻木或刺痛感	（53适用于男性）
42. 复视	53. 勃起或射精障碍

所有条目采用0~4五级评分，0=无，4=非常严重。

注：若女性项目数≥3且总分≥16分，说明可能患有躯体形式障碍；

若男性项目数≥2且总分≥15分，说明可能患有躯体形式障碍。

附 录 二

症状自评量表（SCL-90）

　　以下表格中列出了有些人可能会有的问题，请仔细阅读每一条，然后根据最近一星期以内下述情况影响你的实际感觉，在5个选项里选择一个最适合你的答案（1：没有；2：很轻；3：中等；4：偏重；5：严重）。

1. 头痛	1	2	3	4	5
2. 神经过敏，心中不踏实	1	2	3	4	5
3. 头脑中有不必要的想法或字句盘旋	1	2	3	4	5
4. 头昏或昏倒	1	2	3	4	5
5. 对异性的兴趣减退	1	2	3	4	5
6. 对旁人责备求全	1	2	3	4	5
7. 感到别人能控制你的思想	1	2	3	4	5
8. 责怪别人制造麻烦	1	2	3	4	5
9. 忘性大	1	2	3	4	5
10. 担心自己衣饰的整齐及仪态的端正	1	2	3	4	5
11. 容易烦恼和激动	1	2	3	4	5

12.	胸痛	1	2	3	4	5
13.	害怕空旷的场所或街道	1	2	3	4	5
14.	感到自己的精力下降、活动减慢	1	2	3	4	5
15.	想结束自己的生命	1	2	3	4	5
16.	能听到旁人听不到的声音	1	2	3	4	5
17.	发抖	1	2	3	4	5
18.	感到大多数人都不可信任	1	2	3	4	5
19.	胃口不好	1	2	3	4	5
20.	容易哭泣	1	2	3	4	5
21.	同异性相处时感到害羞不自在	1	2	3	4	5
22.	感到受骗、中了圈套或有人想抓自己	1	2	3	4	5
23.	无缘无故地突然感到害怕	1	2	3	4	5
24.	不能控制地大发脾气	1	2	3	4	5
25.	怕单独出门	1	2	3	4	5
26.	经常责怪自己	1	2	3	4	5
27.	腰痛	1	2	3	4	5
28.	感到难以完成任务	1	2	3	4	5
29.	感到孤独	1	2	3	4	5
30.	感到苦闷	1	2	3	4	5
31.	过分担忧	1	2	3	4	5
32.	对事物不感兴趣	1	2	3	4	5
33.	感到害怕	1	2	3	4	5
34.	感情容易受到伤害	1	2	3	4	5
35.	旁人能知道自己的私下想法	1	2	3	4	5
36.	感到别人不理解自己不同情自己	1	2	3	4	5
37.	感到别人对自己不友好，不喜欢自己	1	2	3	4	5
38.	做事必须做得很慢以保证做得正确	1	2	3	4	5

39．心跳得很厉害	1	2	3	4	5
40．恶心或胃部不舒服	1	2	3	4	5
41．感到比不上他人	1	2	3	4	5
42．肌肉酸痛	1	2	3	4	5
43．感到有人在监视自己、谈论自己	1	2	3	4	5
44．难以入睡	1	2	3	4	5
45．做事必须反复检查	1	2	3	4	5
46．难以做出决定	1	2	3	4	5
47．怕乘公共汽车、地铁或火车	1	2	3	4	5
48．呼吸有困难	1	2	3	4	5
49．一阵阵发冷或发热	1	2	3	4	5
50．因为感到害怕而避开某些东西、场合或活动	1	2	3	4	5
51．脑子变空了	1	2	3	4	5
52．身体发麻或刺痛	1	2	3	4	5
53．喉咙有梗塞感	1	2	3	4	5
54．感到对前途没有希望	1	2	3	4	5
55．不能集中注意力	1	2	3	4	5
56．感到身体的某一部分软弱无力	1	2	3	4	5
57．感到紧张或容易紧张	1	2	3	4	5
58．感到手或脚发沉	1	2	3	4	5
59．想到有关死亡的事	1	2	3	4	5
60．吃得太多	1	2	3	4	5
61．当别人看着自己或谈论自己时感到不自在	1	2	3	4	5
62．有一些不属于自己的想法	1	2	3	4	5
63．有想打人或伤害他人的冲动	1	2	3	4	5
64．醒得太早	1	2	3	4	5

65. 必须反复洗手、点数目或触摸某些东西	1	2	3	4	5
66. 睡得不稳不深	1	2	3	4	5
67. 有想摔坏或破坏东西的冲动	1	2	3	4	5
68. 有一些别人没有的想法或念头	1	2	3	4	5
69. 感到对别人神经过敏	1	2	3	4	5
70. 在商店或电影院等人多的地方感到不自在	1	2	3	4	5
71. 感到任何事情都很难做	1	2	3	4	5
72. 感到一阵阵的恐惧或惊恐	1	2	3	4	5
73. 感到在公共场合吃东西很不舒服	1	2	3	4	5
74. 经常与人争论	1	2	3	4	5
75. 单独一个人时神经很紧张	1	2	3	4	5
76. 认为别人对自己的成绩没有做出恰当的评价	1	2	3	4	5
77. 即使和别人在一起也感到孤单	1	2	3	4	5
78. 感到坐立不安、心神不宁	1	2	3	4	5
79. 感到自己没有什么价值	1	2	3	4	5
80. 感到熟悉的东西变陌生或不像是真的	1	2	3	4	5
81. 大叫或摔东西	1	2	3	4	5
82. 害怕会在公共场合昏倒	1	2	3	4	5
83. 感到别人想占自己的便宜	1	2	3	4	5
84. 为一些有关"性"的想法而苦恼	1	2	3	4	5
85. 认为应该因为自己的过错而受到惩罚	1	2	3	4	5
86. 感到要赶快把事情做完	1	2	3	4	5
87. 感到自己的身体有严重问题	1	2	3	4	5
88. 从未感到和其他人很亲近	1	2	3	4	5
89. 感到自己有罪	1	2	3	4	5
90. 感到自己脑子有毛病	1	2	3	4	5

心理健康症状自评量表是为了评定个体在感觉、情绪、思维、行为直至生活习惯、人际关系、饮食、睡眠等方面的心理健康症状而设计的。共90个自我评定项目。测验的9个因子分别为：躯体化、强迫症状、人际关系敏感、抑郁、焦虑、敌对、恐怖、偏执及精神病性。

该量表从9个方面，从身心症状表现的角度考查个体的心理健康水平，如果在某些症状上的得分越高，感觉到某些症状的频度和强度都比较严重，就应该注意在这个方面的问题。由于自评量表是测量个体在一段时间内感觉到的症状严重与否，所以在量表分数的解释上应该慎重，并不是得分高就一定说明出现了很严重的心理问题，某些得分较高有可能只是由于个体当时遇到了一些难题，因此还应该对得分高的原因做进一步的了解。如果在多个维度上自觉这些症状较为严重，应该加强心理健康教育，严重时应该到比较权威的心理咨询和治疗机构做进一步检查和诊断。

附 录 三

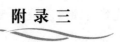

抑郁自评量表（SDS）

　　请仔细阅读每一条，把意思弄明白，然后根据您最近一星期的实际情况，选择最适合您的答案（1：没有或很少时间；2：小部分时间；3：相当多时间；4：绝大部分或全部时间）。

1. 我觉得闷闷不乐，情绪低沉	1	2	3	4	5
2. 我觉得一天之中早晨最好	1	2	3	4	5
3. 我一阵阵哭出来或觉得想哭	1	2	3	4	5
4. 我晚上睡眠不好	1	2	3	4	5
5. 我吃得跟平常一样多	1	2	3	4	5
6. 我与异性密切接触时和以往一样感到愉快	1	2	3	4	5
7. 我发觉我的体重下降	1	2	3	4	5
8. 我有便秘的苦恼	1	2	3	4	5
9. 我心跳比平时快	1	2	3	4	5
10. 我无缘无故地感到疲乏	1	2	3	4	5
11. 我的头脑跟平常一样清楚	1	2	3	4	5

12. 我觉得经常做的事情并没有困难	1	2	3	4	5
13. 我觉得不安而平静不下来	1	2	3	4	5
14. 我对将来抱有希望	1	2	3	4	5
15. 我比平常容易生气、激动	1	2	3	4	5
16. 我觉得做出决定是容易的	1	2	3	4	5
17. 我觉得自己是个有用的人,有人需要我	1	2	3	4	5
18. 我的生活过得很有意思	1	2	3	4	5
19. 我认为如果我死了别人会生活得好些	1	2	3	4	5
20. 我平常感兴趣的事我仍然照样感兴趣	1	2	3	4	5

注: 如果您的得分是50~59分, 说明您可能处于轻度抑郁状态; 如果您的得分是60~69分, 说明您可能处于中度抑郁状态; 如果您的得分>70分, 说明您可能处于重度抑郁状态, 您可能要去进行心理咨询或到医院去看精神科医生。

附 录 四

焦虑自评量表（SAS）

请仔细阅读每一条，把意思弄明白，然后根据您最近　星期的实际感觉，选择最适合您的答案（1：没有或很少时间；2：小部分时间；3：相当多时间；4：绝大部分或全部时间）。

1. 我觉得比平常容易紧张和着急	1	2	3	4	5
2. 我无缘无故地感到害怕	1	2	3	4	5
3. 我容易心里烦乱或觉得惊恐	1	2	3	4	5
4. 我觉得我可能要发疯	1	2	3	4	5
5. 我觉得一切都好，也不会发生什么不幸	1	2	3	4	5
6. 我手脚发抖打颤	1	2	3	4	5
7. 我因为头痛、颈痛和背痛而苦恼	1	2	3	4	5
8. 我感觉容易衰弱和疲乏	1	2	3	4	5
9. 我觉得心平气和，并且容易安静坐着	1	2	3	4	5
10. 我觉得心跳得很快	1	2	3	4	5
11. 我因为一阵阵头晕而苦恼	1	2	3	4	5
12. 我有晕倒发作或觉得要晕倒似的	1	2	3	4	5

13. 我吸气呼气都感到很容易	1	2	3	4	5
14. 我的手脚麻木和刺痛	1	2	3	4	5
15. 我因为胃痛和消化不良而苦恼	1	2	3	4	5
16. 我常常要小便	1	2	3	4	5
17. 我的手脚常常是干燥、温暖的	1	2	3	4	5
18. 我脸红发热	1	2	3	4	5
19. 我容易入睡并且一夜睡得很好	1	2	3	4	5
20. 我做噩梦	1	2	3	4	5

注：如果您的得分是50~59分，说明您可能处于轻度焦虑状态；如果您的得分是60~69分，说明您可能处于中度焦虑状态；如果您的得分>70分，说明您可能处于重度焦虑状态，您可能要去进行心理咨询或到医院去看精神科医生。

参考文献

[1] 吴文源. 躯体形式障碍[M]. 北京：人民卫生出版社，2012.

[2] 马英，彭国光. 医学无法解释的症状研究进展[J]. 国外医学（内科学分册），2006，02：68-71.

[3] 孙夏媛. "医学难以解释的躯体症状"患者的医患关系研究[D]. 北京协和医学院，2013.

[4] 肖伟，梁发俊. 浅述"形神合一"与"形神共治"[J]. 甘肃中医学院学报，2011，28（4）：16-18.

[5] 张福坚. 中医心理疗法在神经症的实践与应用[J]. 中医临床研究，2011，3（6）：65-66.

[6] 骆艳丽，吴文源，李春波. 持续的躯体形式疼痛障碍的研究进展[J]. 上海精神医学，2009，19：112-115.

[7] 中华医学会精神科分会. 中国精神障碍分类和诊断标准[M]·3版. 济南：山东科学技术出版社，2001.

[8] 李永勤. 一例关于疼痛障碍的个案报告[J]. 社会心理科学，2011，9：1131-1136.

[9] 杜凌阳，沈自力，陈滢，等. 躯体化障碍与广泛性

焦虑的情绪躯体主诉及服药依从性比较[J]. 中国行为医学科学, 2004, （3）: 47-48.

[10] 薛秀娟, 华雪君. 躯体化障碍中西医治疗研究进展[J]. 人民军医, 2012, （6）: 555-557.

[11] Henningsen P, Zimmermann T, Sattel H. Medically Unexplained Physical Symptoms, Anxiety, and Depression: A Meta-Analytic Review[J]. *Psychosomatic Medicine*, 2003, 65(4): 528-533.

[12] Carson A J, Ringbauer B, Stone J, et al. Do medically unexplained symptoms matter? A prospective cohort study of 300 new referrals to neurology outpatient clinics[J]. *Journal of Neurology, Neurosurgery & Psychiatry*, 2000, 68(2): 207-210.

[13] Cronje R J,Williamson OD. Is pain ever "normal"? [J]. *The Clinical journal of Pain*, 2006, 22:692-699.

[14] Flink P, Steen Hansen M, Sondergaard L. Somatoform disorders among firsttime referrals to a neurology service [J]. *Psychosmatics*, 2005, 46:540-548.

[15] Flink P, Ornbol E, Huyse FJ, et al. A brief diagnostic screening instrument for mental disturbances in general medical wards [J]. *Journal of Psychosomatic Research*, 2004, 57:17-24.